KB190506

나의 어린 어둠

조승리 연작소설

다산
책방

차 례

네 가 없 는 시 작

너는 내 한 해 선배였다. 우리 중학교는 명찰 색으로 학년을 구분했다. 교내 도서관에서 자주 마주쳤지만 우리는 말 한마디 나눠본 적 없는 사이였다. 너도 나도 그저 흔해 빠진 소년 소녀였다. 특출난 재능도 없었고 눈에 띄는 외모도 아니었다. 성적도 평범하고 성격도 모나지 않았다. 우리는 한 공간에 있었지만 서로 말을 걸어볼 생각도 그럴 이유도 없었다. 내가 세계문학 전집을 읽을 때 너의 손에는 항상 너덜너덜한 무협 소설이 들려 있었다. 나는 네가 유치한 어린애처럼 보였다.

　나는 하교 후에 읍내 공립도서관에서 한두 시간

책을 읽다 집에 돌아갔는데 그곳에서도 너를 보았다. 너는 만화 잡지를 펼쳐놓고 뭐가 그리 재밌는지 조 그만 소리로 낄낄댔다. 바보처럼 풀어진 하얀 얼굴이 조금은 신경 쓰여 간혹 너를 흘끔거렸다.

　너의 목소리를 처음 들은 건 봉사활동에 동원됐을 때였다. 학교에서는 읍사무소와 연계해 거리 쓰레기 줍기 행사를 벌였다. 운 나쁘게도 우리 학년에서는 나의 반이 동원되었고 위 학년에서는 너의 반이 뽑혔다. 여자들에게는 쇠집게가, 남자들에게는 쓰레기 봉지가 주어졌다. 담당자였던 교감 선생님은 자기 마음대로 구역을 정해주었는데 나를 포함한 여섯 명이 하천 다리 근처를 맡았다. 그중에 너도 끼어 있었다. 봉사활동은 교감 선생님이 흡족해할 정도의 쓰레기가 봉지에 채워질 때까지 계속되기 때문에 부지런히 주워야 했다. 흘깃 명찰을 살펴보니 다섯 명 모두 위 학년이었다. 나는 멋쩍어 쭈뼛대다가 그나마 안면이 있는 네가 쥔 봉지에 쓰레기를 열심히 집어넣었다. 그 모습을 보던 네 동급생이 우리를 놀려댔다.

"쟤 뭐냐? 왜 네 봉지만 채워주냐. 너네 사귀냐."

귀까지 빨개진 너는 쓰레기 봉지로 놀린 친구의 머리를 후려쳤다. 나도 얼굴이 화끈거려 땅에 떨어진 쓰레기를 찾는 척 고개를 푹 숙였다.

"뭐 해? 하던 일 계속하지 않고."

내가 어쩔 줄 모르자 너는 봉지를 내 앞에 벌리며 말했다. 나는 허둥지둥 쓰레기를 주우러 다녔다. 너는 나를 따라다니며 비닐 봉투를 벌려주었다. 일행과 거리가 벌어졌다.

"아까 저 자식이 말한 거 신경 쓰지 마."

네가 쑥스러워하며 말했다. 내가 빤히 쳐다보자 또 귓가가 빨개지더니 검지로 코밑을 쓱쓱 문질렀다.

그런 모습이 귀엽다고 생각했다. 부끄러운 마음을 들킬까 봐 시선을 다시 땅으로 내렸다. 일행과 더 거리를 두며 너와 무슨 이야기라도 하고 싶었다.

"요즘도 무협지 많이 읽어?"

내가 말을 걸자 너는 기다렸다는 듯 내가 알지도 못하는 무협 소설 계보를 청소가 끝날 때까지 떠들었다. 교감 선생님의 해산 지시에 너는 내가 들고 있던 쇠집게를 받아 들어 대신 반납해 주었다. 너에겐 그런 자상함이 있었다.

그날을 계기로 우리는 도서관에서 만나면 인사를 하고 자판기에서 음료를 뽑아 함께 마시는 사이가 되었다. 너는 읍내에 살았고 나는 시내버스를 타고 한참을 들어가야 하는 촌 동네에 살았다. 너는 나를 버스 정류장까지 데려다주기 시작했다. 학교와 가까운 정류장에는 알고 지내는 얼굴들이 한둘씩은 있었다. 우리는 얄궂은 소문의 주인공이 되고 싶지 않아 한 정거장 앞을 이용했다. 그곳은 읍내의 초입이라 이용하는 사람이 거의 없었다.

우리는 정류장의 플라스틱 의자에 앉아 쉴 새 없이 떠들었다. 매일매일 서로에게 하고 싶은 이야기가 왜 그리도 많은지 저 멀리 내가 탈 버스가 오면 아쉬움에 엉덩이가 의자에 붙어 떨어지려 하지 않았다. 집으로 향하는 버스의 배차 간격은 한 시간이었다. 나는 버스를 타려다가도 너의 아쉬운 표정을 보면 다시 의자에 앉아버렸다. 그러면 너는 잇몸이 보일 정도로 환하게 웃었다.

그렇게 우리는 같이 시간을 보냈다. 언제부턴가 하교 후의 두 시간이 20분처럼 짧게 느껴졌다. 도서관에서 마주 앉아 책을 한 시간가량 읽다가 버스 정류장에서 함께 버스를 기다리는 것이 중요한 하루 일과가 되었다.

여름방학이 시작되고 우리는 한동안 만나지 못했다. 간간이 문자메시지로 서로의 근황을 주고받은 것이 전부였다. 개학하고 다시 만난 너는 무언가 변해 있었다. 부쩍 자란 키 때문도, 살이 빠져 날카로워진 얼굴 윤곽 때문도 아니었다. 나는 너의 힘겨웠던 여름방학을 듣고서야 네가 잃어버린 것이 무엇인지 깨달을 수 있었다.

"아버지가 오토바이 사고로 돌아가셨어."

위로하는 방법은 학교에서 가르쳐 준 적 없었다. 너의 고백에 나는 말문이 막혔다. 뻔한 위로의 말조차 나오지 않았다. 그저 너의 구겨진 교복 셔츠가 안

쓰러웠다. 너는 계속 이야기를 들려줬다. 어릴 적 어머니가 집을 나갔다고 했다. 단칸방에 세를 얻어 살았지만 자상한 아버지 덕분에 어머니의 빈자리를 느껴본 적 없었다고. 아버지마저 떠나버린 지금은 근처에 사는 작은아버지 가족이 종종 들여다봐 주신다고 했다.

"나 실업계 고등학교로 진학하려 해. 언제까지 작은아버지께 신세를 질 수는 없으니까."

두 달 전까지 소년이었던 너는 어른의 얼굴을 하고 나를 내려다봤다. 그러나 흔들리는 눈동자는 아직 어린아이의 것이었다. 우리는 도서관 정원의 나무 벤치에 앉아 한동안 푸른 하늘을 올려다봤다. 구름 한 점 없던 가을 하늘은 깊고 새파랬다. 나는 하늘을 향해 손바닥을 펼쳐 올렸다. 손가락 틈새로 하늘이 쏟아졌다. 나는 허공을 움켜쥐듯 주먹을 쥐었다가 눈앞에다 손바닥을 펼쳤다.

그해 여름, 나에게도 잃어버린 것이 있었다. 나는 어둠이 두려웠다. 야맹증이 심해져서 여름방학 때

도시에 있는 병원을 다녀왔다. 그러나 어둠이 더욱 두려워졌을 뿐이었다. 캄캄한 곳에서는 이제 아무것도 보이지 않았다. 아팠던 여름을 다 털어놓은 너와 달리 나는 말하지 않았다. 너에게 말하지 못한 비밀이 생긴 것이다.

날이 서늘해질수록 해는 빨리 저물었다. 내가 볼 수 있는 시간도 그만큼 짧아졌다. 내 상황을 알지 못하는 너는 빨리 집에 가려 서두르는 나를 서운히 생각했다. 하루는 버스에 타려는 내 손목을 꽉 잡고 놔주지 않았다. 나는 결국 집에 서둘러 가려는 이유를 설명했다. 반쪽짜리 설명이었다.

"나, 캄캄하면 앞이 잘 안 보여."

"그런 이유라면 내가 데려다줄게."

너는 애원하듯 졸라댔다. 나는 망설이듯 시간을 끌다 허락했다. 사실 무척이나 기뻤다. 그날 우리는 15킬로미터나 되는 거리를 손을 잡고 걸어갔다. 그 긴 시간 동안 다리가 아프지도 지루하지도 않았다. 집에 가까워질수록 발걸음을 늦추었다. 결국 이별의 순간이 찾아왔다. 집 앞에 선 채로 한참을 더 이야기하다 너는 돌아갔다.

시골 동네는 8시가 막차다. 버스는 이미 끊긴 지 오래였다. 너는 읍내까지 왔던 길을 되짚어 걸어가야 했다. 함께 있을 때는 느끼지 못했는데 막상 집에 들어서니 다리가 모래주머니를 매단 것처럼 무겁고 발바닥이 화끈거렸다. 왔던 길을 되돌아가야 하는 네가 걱정됐다.

다음 날도 너는 나를 집까지 바래다줬다. 차들은 우리 옆을 쌩쌩 지나가고 주황색 가로등이 부표처럼 어둠 속에 떠 있었다. 마주 잡은 손에 땀이 맺혔다. 나는 창피한 마음에 자꾸 손을 놓고 교복 치맛단에 땀을 닦았다. 너는 읽고 있는 책들의 줄거리를 요약해서 알려주었다. 나는 친구들 이야기나 그날 학교에서 있었던 일들을 두서없이 떠들어 댔다. 거리는 길었지만 우리의 시간은 항상 짧았다.

너는 날이 갈수록 야위었고 얼굴이 상했다. 행색도 볼품없어졌다. 작은아버지께서 돌봐주신다 하지만 제대로 식사를 챙겨 먹을 리 없었다. 겨우 열여섯 소년이었다. 홀로 살아가기엔 이른 나이였다. 너는 컵라면을 사서 도서관에 비치된 정수기로 뜨거운 물을 부었다. 나는 컵라면 대신 빵이나 과자를 사서 반쯤 덜어 네게 나누어 주었다. 그렇게 마주 앉아 저녁 식사를 때웠다. 우리 주머니 사정으로는 이것이 한계였다.

비가 내리는 날은 버스를 타야 했다. 너는 창 너머에 서서 바지 주머니에 한쪽 손을 찔러 넣고 버스에 탄 나를 올려다봤다. 나는 너의 그 애잔한 눈빛을 좋아했다. 당장이라도 버스에서 뛰어내려 네 손을 잡고 걷고 싶었다. 아주 먼 곳으로 목적지도 없이 밤새 걷고 싶었다. 그리고 내 모든 비밀을 너에게 온전히 털어놓고 싶었다. 나는 버스 손잡이를 꽉 움켜잡았다. 두려움 한 점이 내 입술 끝에 재갈을 물렸다.

가을비가 내리고 곧바로 기온이 내려갔다. 너는 자전거로 나를 집까지 데려다주기 시작했다. 너의 눈빛을 가장 좋아한다고 생각했는데 그보다 더 좋은 게 생겼다. 너의 굽은 등이었다. 자전거 뒷자리에 앉은 내 앞을 가로막는 긴 목과 반듯한 어깨와 굴곡진 등을, 자전거 페달을 밟을 적마다 교복 셔츠 밖으로 튀어나오는 근육과 뼈의 모양을 좋아했다. 나도 모르게 너의 등에 손을 올렸다. 너는 간지럽다며 키득키득 웃었다. 손이 닿았던 자리에 얼굴을 가져다 댔다. 너에게서는 손에 쥐면 바스러질 정도로 바싹 마른 풀의 냄새가 났다. 사실 나는 손을 잡고 걷는 것보다 말없이 너의 등에 기대 있을 때가 더 좋았다. 귀로 너의 심장 소리를 듣고 너의 냄새를 흠씬 들이마시는 순간 세상의 끝에 서서 석양을 바라보는 것처럼 황홀한 기분이 들었다. 시간이 이대로 멈춰버리길 나는 수도 없이 기도했다.

네가 내 앞에서 무너졌던 날은 새해가 시작되고 며칠 되지 않아서였다. 너는 뜬금없이 집 앞이라며 전화를 걸어왔다. 어스름이 내리기 시작한 초저녁이었다. 나는 점퍼만 집어 입고 맨발로 뛰어나갔다.

"다저녁때 어딜 나가!"

저녁 식사를 준비하던 엄마가 물었지만 나는 대꾸할 겨를이 없었다. 너는 마을 입구 표지석 옆에 서 있었다. 한 달 만에 만난 너는 그사이에도 키가 부쩍 자라 있었다. 멀리서 본 너는 추워 보였다. 휑한 목에 둘러줄 목도리라도 가지고 나올걸, 하고 후회했다.

숨차게 달려가 네 앞에 섰을 때는 깜짝 놀랐다. 네 오른쪽 볼이 새빨갛게 붓고 입술 끝도 터져 있었다. 나도 모르게 손을 네 볼에 댔다. 너는 통증 때문인지 몸을 떨었다.

"싸웠어?"

너는 대답하지 않았다. 다만 고개를 숙여 내 어깨에 얼굴을 묻었다. 어깨가 축축이 젖기 시작했다. 뜨겁고도 서러운 슬픔이 내게 흘러들었다. 네가 이대로 사라져 버릴 것 같아 두 팔로 너를 힘껏 끌어안았다. 그 순간 너는 스위치가 켜진 것처럼 오열했다. 소년의 절망은 활화산 같았고 내 품속은 불덩이처럼 뜨거웠다. 이상스럽게도 나는 무너진 네가 더 좋아졌다.

우리는 마을 표지석에 걸터앉았다. 숨을 고른 네가 오늘 있었던 일을 이야기했다. 너의 아버지는 자기 운명을 예견이라도 한 듯 홀로 남을 외아들을 위해 생명보험을 잔뜩 들어놓았다. 아버지가 돌아가시고 후견인으로 지정된 작은아버지가 보험금을 지급받았다. 그 소식을 어찌 들었는지 13년 만에 너의 생모가 소송을 걸었다. 친권과 양육권을 되찾겠다는 것이었다. 그러나 속이 뻔했다. 그녀가 원하는 것은 전남편의 보험금이었다. 오늘 재판이 있었고 너는 판사 앞에서 누구 편을 들어줄지 결정해야 했다. 당연히 너는 기억에도 없는 어머니를 선택하지 않았다. 재판이 끝난 후 너의 어머니는 악을 쓰며 네게 손찌검했다. 너를 정말 아프게 했던 것은 어머니의 손바닥이 아니라 그 뒤에 서 있던 낯선 남자의 빈정대던 얼굴이었다고 했다. 그는 흥분한 제 아내를 말리며 너에게 경고했다.

"네 삼촌은 별다를 것 같으냐? 분명 제 주머니에 집어넣을 테지. 몽땅 뜯기기 전에 잘 생각해. 그래도 네 엄마는 반은 널 준다고 하니. 게다가 삼촌보다는 네 어미가 너랑 더 가까운 사이가 아니냐? 현명하게 판단해 봐라."

너는 이야기하면서도 분한 듯 부르르 떨었다.

"나 그 여자한테 할 말이 많았는데 아무런 반박도 못 했어. 아빠와 날 버린 주제에 염치없다 화내고 싶었는데. 입이 얼어붙어서 떨어지지가 않는 거야."

뒤늦게 나타난 작은아버지가 너 대신 화를 내주었다. 그러나 마음에 맺힌 응어리는 풀리지 않았다.

"생각할수록 화가 나 미치겠어."

너는 지금의 상황이 곱씹을수록 분하고 처참하다고 했다. 나는 너의 불우한 환경이, 외로운 삶이 계속되길 바랐다. 더 망가지고 부서지길 원했다. 그래야만 내가 네 곁에 언제까지나 머무를 수 있을 테니까. 우리는 겨울바람에 새빨갛게 얼어버렸다. 체온이 내려갈수록 우리의 손깍지는 더 단단해졌다.

"쪼그만 것들이 영화 찍고 있네. 추우니까 나머지는 집에 들어와 찍어."

그때 불쑥 엄마의 목소리가 우리 사이에 끼어들었다. 네가 화들짝 놀라 손을 놓으려 했지만 나는 힘을 주어 놓치지 않았다. 그리고 너를 끌고 엄마 뒤를 따라 걸었다. 엄마는 뭐가 그리 신나는지 히죽댔고, 연신 너를 쳐다보며 저녁상을 차렸다. 앞으로 몇 날 며칠을 엄마의 놀림거리가 되겠다 싶어 한숨을 내쉬었다.

"너는 뭐가 이리 빠르니? 키도 금방 커, 사춘기도 빨리 와, 철도 금방 들어, 벌써 사윗감까지 데려오냐."

엄마가 밥을 푸는 나를 꾹 찔렀다.

"장난치지 마. 쟤 숫기 없어."

내가 신경질을 냈다. 너는 민망한 듯 몸을 웅크리고 있었다.

"사위 밥 먹어."

엄마가 상을 네 앞에 내려놓으며 놀렸다.

"하지 말라고!"

내가 버럭 소리치자, 엄마는 알았다며 빙글빙글 웃기만 했다. 너는 엄마의 성화에 못 이겨 함께 텔레

비전을 보다가 결국 우리 집에서 자고 아침까지 얻어
먹고 갔다. 나는 너를 신작로까지 배웅해 주고 버스
타는 것을 보고 돌아왔다. 엄마는 돋보기를 쓰고 바
느질하고 있었다.

"방학인데 더 놀다 가라 하지, 왜 벌써 보냈어?"

엄마가 내게 말했다. 대꾸하지 않고 내 방으로
들어갔다. 궁금한 게 많은 엄마가 방으로 따라 들어
왔다. 나는 이불로 파고들어 추운 몸을 녹였다. 엄마
의 관심이 귀찮아서 벽 쪽으로 돌아 누웠다. 엄마가
꽁꽁 언 발을 이불 속으로 쓱 집어넣더니 내 티셔츠
안까지 침범해 등에 탁 붙였다. 나는 그 냉기에 깜짝
놀라 일어나 앉으며 엄마를 노려봤다.

"네 엄마 엄청 개방적이지 않냐? 난 마인드가 미
국 스타일이야."

자화자찬에 헛웃음이 나왔다.

"지지배, 네 남친 어디서 맞고 와서 질질 짰냐?
공부는 잘하냐? 부모님은 뭐 하시고?"

엄마의 질문 공세가 끝도 없었다. 나는 사정을

대강 설명해 주었다.

"어쩐지. 솜털이 보송한 녀석이 얼굴에 벌써 수심이 보이더니."

엄마가 내 눈치를 살피며 조심히 물었다.

"……너 아픈 거 얘기했어?"

나는 대답하지 않은 채 창밖을 내다봤다. 회색 하늘에서 눈발이 하나둘 날리기 시작했다. 나에 관한 생각은 지금 하고 싶지 않았다. 너를 떠올렸다. 차가운 단칸방에서 홀로 추위를 견디고 있을 걸 생각하니 마음이 아팠다. 방금 헤어졌는데 벌써 네가 보고 싶어졌다.

이런 내 마음이 네게 전달되었는지, 이틀도 지나지 않아 네가 우리 집에 또 나타났다. 내게 전화를 걸기도 전에 문 앞에서 엄마에게 들켜 집 안으로 끌려 들어왔다. 우리는 거실에 누워 한 이불에 다리를 넣고 텔레비전을 보았다. 엄마의 주도로 돈내기 화투도 쳤다. 엄마 차를 타고 함께 읍내로 나가 시장을 봐 와서 요리를 했다. 겨우내 너는 한 식구처럼 우리와 살

다시피 했다.

　새 학기가 시작되고 너는 읍내 실업계 고등학교에 입학했다. 나도 중학교 3학년이 되었다. 학교가 달라지자 만날 수 있는 시간이 부쩍 짧아졌다. 하교하고 도서관에서 너를 기다렸다. 네가 다니는 고등학교는 읍내와 떨어진 외곽에 있었고 너는 자전거를 타고 통학했다. 내가 기다리던 도서관은 너의 학교에서 보면 집과 반대 방향이었다.

　주말에 너는 학교 근처로 이사를 했다. 여전히 단칸방이었고 단층에 여러 가구가 다닥다닥 붙은 오래된 주택이었다. 마당도 거의 없고 붉게 녹슨 철 대문이 기울어진 채 힘없이 흔들거렸다. 다행히도 이번 집은 내부에 작은 욕실 겸 화장실이 있었다.

　너는 나를 새로운 둥지에 초대했다. 대문을 들어서면 나오는 첫 번째 집. 불투명한 유리창이 달린 얇은 철문이 현관문이었다. 문을 열고 들어서면 오른쪽이 현관 겸 부엌이었고 왼편이 욕실이었다. 단출한 짐 때문인지 방은 좁아 보이지 않았다. 다만 창문이 손바닥만 해 낮에도 전등을 켜고 생활해야 했다. 주인이 도배며 장판을 새로 해줬다는데 집에서는 오래된 다락방 냄새가 났다.

학교가 끝나면 도서관에서 읽을 만한 책을 골라 네 집으로 향했다. 열쇠로 문을 열고 들어와 개수대에서 손을 닦았다. 책가방을 내려놓고 어질러진 방을 대강 정리했다. 빨래 바구니에 세탁물이 가득 차 있으면 세탁기를 돌려주기도 했다. 매일같이 네 집에 드나들며 이웃들과도 얼굴을 익혔다. 옆집은 야간 업소에 다니는 여자들의 숙소였고 그 옆집은 홀로 사시는 할머니의 집이었다. 그 옆은 초등학생 여자아이 둘을 키우는 키 큰 남자가 살았다.

세 번째 집 할머니가 건물의 주인이었다. 너를 대신해 월세를 전해드리려 그 집에 갔다가 할머니와 친해졌다. 거동이 불편한 할머니는 내게 찬거리를 사다 달라 몇 번 부탁했다. 나는 심부름도 해드리고 엄마가 농사지은 콩이나 참깨를 나눠드렸다. 네가 동아리 활동으로 늦는 날은 커피를 타서 할머니 댁으로 놀러 가 말동무를 해드리기도 했다. 처음 할머니는 내게 학생이라 부르시더니 나중에는 새댁이라고 반쯤 농담 섞어 부르셨다.

할머니가 반찬을 나눠주는 날은 밥을 지어놓고 너를 기다렸다. 집으로 뛰어 들어온 너에게서는 바람 냄새가 났다. 얼마나 서둘러 달려왔는지 현관에서 숨을 고르는 네 어깨의 들썩임이 나를 행복하게 만들었다.

언제부턴가 너는 나를 데려다주며 너의 꿈을 이야기했다. 자동차 정비 자격증을 최대한 빨리 따겠다. 졸업하자마자 취업하고 돈을 모아 우리 집 옆에 집을 지어 살겠다. 마당에는 커다란 개를 키우고 아이는 네 명 정도 낳으면 좋겠다. 나는 가만히 너의 꿈을 들어주었다. 호응도 첨언도 하지 않은 채 그저 듣고만 있었다.

5월경 네 양육권을 두고 다투던 어머니와 작은아버지의 소송이 끝났다. 승자가 된 작은아버지는 너의 소원 중 하나였던 오토바이를 사주었다. 면허가 없었던 너는 밤이 으슥해지고서야 오토바이를 끌고 나올 수 있었다. 우리는 매일같이 야간 드라이브를 나갔다. 인근 도시까지 나가 고향 읍내에는 없는 패스트푸드점에서 햄버거 세트를 먹고 영화를 관람했다. 길거리 매대에서 휴대폰 액세서리를 사서 나눠 끼우기도 했다. 유치했지만 즐거웠다. 가진 것이 없어도 행복했다.

너의 미래 그림은 구체화되기 시작했다. 학교에서 건축 도면 그리는 법을 배워 와 우리가 살 집의 설계도를 보여줬다.

"이쯤에 마당 조명을 달아두는 거야! 넌 캄캄하면 안 보이니까 내가 늦게 야근이라도 하고 돌아오면 혼자서 무서울 게 아니겠어. 환히 불 켜진 집이 나는 좋아. 네가 날 기다리고 있다는 사실에 힘이 나. 영원히 네가 내 옆에 있었으면 좋겠어."

그 고백이 벅차도록 기뻐서 나는 슬퍼졌다.

"……캄캄하면 하나도 못 보는데 귀찮잖아. 그래도 좋아?"

"응, 그래서 더 좋아."

덧붙이고 싶은 말이 있었지만 입을 다물었다. 네가 먼저 오토바이에 올라 헬멧을 썼다. 나는 네 등에 얼굴을 묻고 오랫동안 숨죽여 울었다. 너는 눈치채지 못했다.

지난여름, 나는 캄캄한 미래를 선고받았다. 야맹증이 심해져 방문한 안과에서 머지않은 미래에 완전히 시력이 상실될 거라는 판정을 받았다. 진부한 드라마 같았다. 인정할 수 없었다. 이렇게 잘 보이는데. 오진일 거라 믿고 싶었다. 그런데 시력이 빠른 속도로 사라져 가는 걸 느꼈다. 네가 그리는 미래를 들을 때마다 견딜 수 없게 슬퍼졌다. 그 미래에 정말로 내가 함께 있을까. 너는 완전히 시력이 소실된 나를 받아들일 수 있을까. 눈먼 장애인이 너를 욕심내도 되는 걸까. 그래서 나는 네가 더 망가지길 바랐다. 네가 나만큼 망가지면 당당히 네 옆에 있을 수 있을 텐데.

학교생활은 엉망이 된 지 오래였다. 앞자리에 앉

아도 칠판이 보이지 않았다. 체육 활동도 독서 동아리도 그만두었다. 담임선생님은 나를 따로 불러 진학 상담을 했다. 고등학교는 도시에 있는 시각장애인 특수학교로 진학하는 게 어떻겠냐고. 2학기에 미리 청강생으로 특수학교에 가볼 수도 있다고 회유했다. 분명 내 얘기인데도 현실감이 느껴지지 않았다. 장애인 특수학교며 재활훈련이니 하는 것들이 아득하기만 했다. 나는 고민해 보겠다고 대답했다.

너에게 나의 미래를 상의하고 싶었다. 그러나 막상 네 얼굴을 마주하면 내일 하자, 모레엔 말하는 거야, 하고 미뤄버리기 일쑤였다. 영악한 나는 알았다. 이 관계가 내 고백으로 깨질 것이라는 것을. 내 캄캄한 미래를 너는 결코 감당할 수 없음을.

여름방학이 시작되고 너는 아르바이트를 구했다. 나는 이틀에 한 번 네 집에 들러 청소를 해놓거나 엄마가 농사지은 토마토나 옥수수 같은 먹을거리를 챙겨다 주었다. 엄마는 항상 넉넉한 양을 싸주며 주인집 할머니께도 가져다드리라 인심을 썼다. 할머니

는 농사지은 채소를 드리면 매우 기뻐했다. 네 집 찬
장에 할머니 댁 그릇이 여러 개 쌓였다. 반찬을 만들
때마다 네게 나누어 주시는 모양이었다. 깡말랐던 너
는 어깨가 제법 단단히 넓어지고 코밑에 수염이 새카
맣게 올라오기 시작했다. 소년이 사내의 경계를 넘고
있었다. 네게서 나던 빠짝 마른 풀 냄새가 짙푸른 푸
성귀의 비릿한 풋내로 뒤바뀌어 갔다.

하교하고 돌아온 네가 땀에 전 몸을 씻는 동안
나는 식사를 준비했다. 너는 입에 가득 밥을 퍼 넣으
면서도 오늘 하루 모든 시간을 내 앞에 쏟아냈다. 나
는 네가 두서없이 벌여놓은 시간을 주워 담아 제자리
에 끼워 맞췄다.

너는 설거지할 때 꼭 티셔츠를 벗어 던졌다. 물
이 튀어 앞섶이 젖는다는 이유에서였다. 나는 문턱에
걸터앉아 설거지하는 너의 움츠린 등을 바라보는 것
이 좋았다. 그 때문에 너는 내가 그만하라 할 때까지
닦은 그릇을 수없이 다시 닦아야 했다.

시간은 야속하게 빨랐다. 여름방학이 눈 깜짝할

사이에 흘러갔다. 엄마는 특수학교에 진학하자는 담임선생님의 의견에 동의했다. 수시로 나를 교무실로 불러 선택을 독촉하던 담임선생님이 조회를 마치고 또 나를 호출했다. 채근하려 부르는 것이 뻔했다. 나는 교무실로 따라가는 대신 가방을 챙겨 학교를 빠져나갔다. 교실 안 누구도 내 행동에 의문을 갖지 않았다.

교문 밖으로 나와 학교를 돌아봤다. 모든 게 낯설게 보였다. 도망친 건 나인데 쫓겨난 것처럼 기분이 처참했다. 습관처럼 도서관에 가려다가 발길을 돌려 네 집으로 향했다. 전등을 켜자, 늦잠을 자다 뛰어나갔는지 내던진 옷가지며 헝클어진 이부자리가 그대로 방치돼 있었다. 나는 가방을 벗어 구석에 내려놓고 네 옷가지만 정리한 후 교복 차림 그대로 이부자리로 파고들었다. 이불에서는 쿰쿰한 사내 냄새가 났다. 눈을 감았다. 새카만 어둠이 나를 삼켰다. 몇 년 후 나는 이 어둠 속에서 평생을 살아야 했다.

떠나고 싶지 않았다. 모든 것이 지금 이대로라면

얼마나 좋을까. 눈을 떴을 때 기적처럼 시력이 회복돼 있다면. 내게 다가올 영원한 어둠이 없던 일이 돼 있다면. 잃어버릴 모든 것을 붙들 수 있다면. 나는 천천히 감았던 눈을 떴다. 쏟아지는 전등 불빛에 눈이 시렸다. 샘물이 터지듯 눈물이 흘러넘쳤다. 쌓였던 억울함이 목구멍을 뚫고 나왔다. 나는 소리 내어 엉엉 울었다. 억눌렀던 고통이 폭풍우가 되어 나의 세상을 흔들었다. 큰 꿈을 가져본 적도 넘치는 욕심을 부려본 적도 없었다. 내가 원하는 것은 단지 평범한 열여섯 중학생 소녀였다.

그때 누군가 문을 두드렸다. 내가 문을 열자, 주인집 할머니가 지팡이를 짚으며 문턱을 넘어 들어왔다. 자다 깼는지 부스스한 얼굴을 한 옆집 여자도 보였다. 대강 손바닥으로 눈물을 쓸어 닦으며 할머니께 들어오시라 권했다. 할머니는 문턱에 걸터앉을 뿐 신발을 벗고 들어오려 하지 않으셨다.

"속 시원하게 울라고 놔두려다 옆집 여자가 시끄러워 못 자겠다고, 가서 달래라고 성화를 부리는 바람에 방해했구먼. 새댁, 뭔 일인지 모르겠지만 시간이 지나면 다 잊혀. 지나고 나면 아무 일도 아니었다 생각하는 날이 올 거여. 그만 울고 우리 집 넘어가 수박이나 썰어 먹자고. 수분을 다 빼냈으니 그만치 또 채워야 기운이 나지."

할머니가 나를 다독였다. 나는 할머니를 따라가 커다랗게 잘라주신 수박 두 조각을 먹으며 멈추지 않는 눈물을 훔쳐냈다. 입안은 달콤했고 내 눈물은 짰다. 통통 부은 눈을 보이고 싶지 않아 너를 기다리지 않고 집으로 돌아왔다.

엄마가 내 얼굴을 보고 무언가 말하려다 삼켜버렸다. 나는 무얼 말하고 싶은지 알고 있었다. 조금이라도 시력이 남아 있을 때 장애인 재활훈련을 시작했으면 좋겠다는 것이리라. 그러나 나는 재활훈련을 받고 싶지 않았다. 아무것도 받아들이고 싶지 않았다. 그저 너의 등에 기대 있고 싶다는 바람뿐이었다. 넌 내가 가진 전부이자 유일한 것이었다.

더 이상 학교에 나가지 않았다. 나는 네 아내 노

룻에 빠졌다. 네가 자고 일어난 이불을 마당 빨랫줄에 내다 널고 간단히 찌개를 끓여놓고 너를 기다렸다. 네가 좋아질수록 기다림의 시간은 길고도 지루해졌다. 습관처럼 수십 번 손목시계를 내려다봤다. 휴대폰 액정을 들여다보며 응답 없는 너를 야속해했다. 어느 순간 그런 내 모습에 환멸을 느꼈다.

네게 이유 없이 화를 내고 토라졌다. 그러면 너는 잘못한 게 없으면서도 내게 빌고 매달렸다. 기분을 맞춰주려 애를 쓰는 모습이 안쓰러우면서도 기뻤다. 유치한 내 마음이 짜증 났다. 변덕스러운 마음을 나조차 종잡을 수가 없었다. 나는 곪아 터지기 직전의 고름 덩이였다. 그리고 그 고름 덩이는 결국 터져버리고 말았다.

그날도 너는 미래의 청사진을 신이 나 떠들어 댔다. 함께 저녁 산책을 나선 길이었다. 초저녁 어스름에도 세상은 부쩍 어두워져서 나는 너의 손에 의지해 걷고 있었다.

"이층집으로 하자. 너희 어머니를 1층에 사시라

하고 우리가 2층을 쓰는 거야. 시간이 빨리 지나갔으면 좋겠어. 운전면허를 따고 어머니 차를 빌려 바다 보러 가는 거야. 밤에는 내가 운전할 테니 낮에는 네가 운전을 해. 환한 낮이라면 너도 얼마든지 운전을 할 수 있겠지."

나는 잡고 있던 손을 슬며시 비틀어 빼냈다. 피가 발끝으로 몽땅 빠져나가는 기분이 들었다.

"나 낮에도 운전 못 해. 결국 난 완전히 눈이 멀 거거든."

말하면서도 지금 내가 뭐라고 말한 것인지를 몰랐다. 머리가 아닌 가슴에서 불쑥 튀어나온 말이었다.

"미안해. 화내지 마. 내가 잘못했어."

내가 홧김에 내뱉은 말이라고 생각한 너는 영문도 모른 채 용서를 빌었다.

"아니, 나 화 안 났어. 사실 작년에 알았어. 의사가 실명하는 병이라고 했어. 지금도 계속 눈이 나빠지고 있고."

너에게 꺼내놓으니 그제야 실감이 들었다. 내게 닥친 현실이, 내 입을 거치며 놀랄 만큼 분명해졌다. 이것이 바로 내가 받아들여야 하는 나의 현재였다.

"얼마나 더 세상을 볼 수 있을지 몰라. 얼마 안 남았대."

내 목소리는 남의 이야기를 전하는 것처럼 담담하고 건조했다. 한참을 멍하니 서 있던 네가 물었다.

"그럼 어떻게 되는 건데?"

선뜻 대답이 나오지 않았다. 내 미래가 어떻게 될지는 나 역시 알지 못했다. 다만 내게 주어진 코앞의 선택지는 하나뿐이었다.

"……재활훈련을 하려면, 도시의 특수학교로 떠나야 해."

나는 네가 잡아주길 바랐다. 영영 볼 수 없다고 해도 네가 내 옆을 지키며 내 눈을 대신하겠다는 맹세를 기다렸다. 그러나 너는 어둠처럼 침묵했다.

너를 남겨두고 왔던 길을 천천히 되짚어 걸었다. 익숙한 길이었지만 너를 의식해서였는지 발을 헛디 더 휘청거렸다. 몸이 풀숲으로 쓰러지려 했다. 그때 네가 내 팔을 잡아당겼다. 나는 너를 힘껏 뿌리쳤다. 이 상황에서도 도움을 받아야 하는 내 처지에 화가 났다. 치욕스러웠다.

너는 말없이 나를 집 앞까지 데려다주고 오토바이에 시동을 걸고 떠나갔다. 집에 들어가자, 엄마가 내 침울한 표정을 보고는 말없이 다가와 끌어안았다.

"나 재활훈련 하러 갈게. 최대한 빨리 가고 싶어."

엄마 품에 안겨 울고 싶었는데 막상 마음의 동요는 크지 않았다. 나보다 먼저 눈물을 터뜨린 엄마의 등을 가만가만 쓸어주었다.

나는 다시 교복을 챙겨 입고 등교를 시작했다. 친구들 무리에 껴서 평범한 중학생을 연기했다. 관심도 없는 연예인 사진을 보며 환호했고 몰려다니며 떡볶이를 호호 불어서 나누어 먹었다. 담임선생님은 도시의 시각장애인 학교와 연결해 주었다. 다가올 10월 둘째 주부터 장애인 학교에 다니게 되었다. 친구들에게는 굳이 내 상황을 이야기하지 않았다.

그날 이후 너에게서는 아무런 연락이 오지 않았다. 나 역시 너의 집에 찾아가지 않았다. 한낮 땡볕에 서 있어도 나는 더위를 느낄 수 없었다. 마음이 서늘한 탓이었다. 억지로 친구들과 어울려 다니는 데 싫증이 나 다시 도서관을 드나들었다. 책을 읽다 시간에 맞춰 정류장에서 버스를 탔다. 자존심 상하게도 오토바이 소리가 나면 그쪽으로 시선이 돌아갔다. 미련을 버려야 하는데 나는 너를 기다리고 있었다. 헛된 기대가 가슴속에 꽉 들어차 도무지 버려지지 않았다. 수천 번도 더 상상했다. 네가 나를 놓아줄 수 없다고, 그럼에도 내 옆에 있고 싶다고 애원하는 모습을.

가만히 있으면 괴로움만 쌓였다. 하교하면 도서관에 들렀다가 버스 시간이 되면 집으로 향하는 일과를 반복했다. 책을 펼치고 있었지만 무얼 읽었는지 기억나지 않았다. 그러다 너를 만났다.

너는 도서관으로 나를 찾아왔다. 불편한 침묵이

우리 사이에 내려앉았다. 막상 너와 마주하자 들어선 감정은 그리움이 아니었다.

네까짓 게 뭔데? 뭔데 날 이토록 비참하게 만드는 건데?

들끓는 마음이 하마터면 입 밖으로 튀어나올까 봐 온 힘을 다해 틀어막았다.

"할 말 있으면 빨리해 줄래?"

내 목소리는 사나웠다. 너는 선한 눈을 껌벅대며 한동안 말이 없었다. 그러고는 입을 열었다.

"정말 하나도 안 보이게 될 거래? 이식 같은 거 하면 안 되는 거야?"

"나 다음 달에 특수학교로 떠나."

"그럼 어떻게 되는 건데?"

나는 너의 질문이 멍청하게 들렸다.

"너는 내가 어떻게 했으면 좋겠는데?"

"모르겠어. 근데 지금보다도 안 보이는 네 옆에 있을 자신이, 사실 없어."

너의 솔직한 고백에 또 한 번 벼랑에서 떨어지는

듯한 통증을 느꼈다. 예측했던 슬픔이었지만 고통스럽지 않은 것은 아니었다. 가까스로 슬픔을 씹어 삼키고 자리에서 일어섰다.

"나 버스 시간 다 됐어."

"데려다줄게."

네가 내 팔을 잡았다. 나는 뿌리치고 그대로 걸어갔다. 너는 쫓아오지 않았다. 사람들 사이에 있고 싶지 않아서 버스 정류장을 지나쳐 걸었다. 집이 아닌 아주 먼 곳으로 떠나버리고 싶었다. 읍내를 벗어나자 꾹꾹 눌러 참았던 눈물이 툭 터졌다. 그것은 나를 향한 연민의 눈물이었다.

새빨간 석양이 뉘엿뉘엿 산 너머로 사라졌다. 차들이 내 옆을 쌩쌩 지나쳐 갔다. 손등으로 눈물을 훔치며 달리기 시작했다. 조금이라도 빛이 남아 있을 때 집에 가까워져야 했다. 그러나 어둠의 속도를 따라잡을 수 없었다. 차들의 통행이 줄고 눈앞은 캄캄해져 갔다. 더 달리고 싶어도 그럴 수가 없었다. 가로등은 아주 먼 곳에 있어 발끝으로 바닥을 쓸며 한 걸음씩 옮겨야 했다. 혼자 집으로 가는 길이 멀고 멀었다. 대체 뭘 기대했던 걸까. 이것이 내 진짜 현실이었다.

버스를 탈걸, 도서관에 가지 말걸, 너를 좋아하지 말걸. 후회가 끝도 없이 꼬리를 물었다. 간신히 마을 입구에 도착해 가로등 아래에서 손목시계를 확인했다. 8시가 넘어 있었다. 다리는 아프고 몸은 흘린 땀으로 찐득찐득했다. 마을 안에는 가로등이 곳곳에 있어 걷는 데 수월했다. 대문 앞에서 마음을 가다듬고 아무렇지 않은 척 집에 들어갔다. 텔레비전을 보던 엄마가 나를 반기며 가방을 벗겨 들었다.

"오늘 더웠나 봐. 고생했어. 씻고 밥 먹을 거지."

밥 생각은 없었지만 괜한 걱정을 할까 봐 그러겠다고 가볍게 대답했다. 교복을 벗어 세숫대야에 담그고 샤워를 했다. 차가운 물을 뒤집어쓰자, 용광로처럼 달아올랐던 몸과 마음이 차차 식어갔다. 거울을 보니 눈동자가 새빨갰다. 씻는 동안 밥상이 차려졌다. 나는 엄마 앞에 앉아 숟가락을 집어 들었다.

"너 울었어? 눈이 왜 이렇게 충혈됐어."

"아니야. 오늘 책을 좀 많이 읽었더니 그래."

"너 책 좀 그만 보면 안 돼? 눈 더 빨리 나빠지면 어쩌려고 그래."

밥상을 치우자마자 엄마는 금방 곯아떨어졌다. 나는 방에 들어와 이어폰을 꽂고 MP3로 음악을 한참 듣다가 습관처럼 휴대폰을 열어봤다.

– 집 앞으로 나와줄래?

20분 전에 너에게서 문자가 도착해 있었다. 가라앉았던 마음이 다시 요동쳤다. 부질없는 기대가 스멀스멀 고개를 들려고 했다. 휴대폰을 엎어놓고 이어폰 음량을 크게 높였다. 음악 사이로 너의 오토바이 소리가 들리는 듯했다. 뛰어나가지 않으려 두 다리를 품에 끌어당기고 꼭 잡았다. 나는 작게 읊조렸다. 도망쳐. 날 흔들지 말아줘.

음악이 귀로 들어오지 않았다. 이어폰은 단지 귀마개였다. 내 온 정신은 밖에 있을 너에게 향했다. 그렇게 한 시간을 참았다. 휴대폰을 집어 네게서 온 두 번째 메시지를 읽었다.

— 미안해. 잘 지내.

나는 조용히 방문을 열고 거실로 나갔다. 엄마는 여전히 텔레비전 앞에서 자고 있었다. 텔레비전에서는 같은 영상이 반복되고 있었다. 커다란 빌딩을 향해 날아가는 비행기. 이윽고 비행기는 빌딩을 들이박았다. 또 한 대의 비행기가 연달아 빌딩에 충돌했다. 잠시 멍하니 화면을 보던 나는 거대한 무언가가 날아와 내 가슴에 틀어박힌 듯한 통증을 느꼈다. 영원한 어둠은 내 눈이 아닌 마음에 먼저 찾아온 듯했다. 머릿속이 암전되어 어떤 생각도 할 수 없었다. 거대한 어둠이 나를 집어삼켰다.

현관문을 열고 나와 신발을 찾아 신었다. 집 앞마당 가로등 아래는 아무도 없었다. 천천히 걸어 마을 입구로 향했다. 잠든 마을은 고요했다. 이 밤 들리는 것은 내 발소리와 풀벌레 소리뿐이었다. 언젠가 네가 앉아서 나를 기다리던 마을 표지석에 기댔다.

무슨 생각에서였을까. 나는 너에게 전화를 걸었

다. 신호가 수십 번 울리고 네가 전화를 받았다. 수화기 너머 네가 있는 곳이 시끌시끌했다. 곧 자정이었다. 읍내에 이런 소란스러움은 없을 시간이었다. 나는 네가 인근 도시에 있음을 알았다. 알지 못하는 이들의 목소리가 섞였다. 전화를 받기 위해 자리를 옮기는 너를 야유하듯 놀려댔다. 그중에는 여자 목소리도 있었다.

나는 전화를 끊어버렸다. 네게서 전화가 걸려 왔지만 배터리를 분리했다. 나는 이토록 괴로운데 너는 웃고 떠들며 즐거워하고 있다는 사실에 배신감이 들었다. 변질된 애정이 증오로 들끓었다. 억지로 먹은 저녁밥이 몽땅 넘어올 것 같았다. 가슴이 터질 듯해서 가만히 있을 수가 없었다. 가로등 아래만 골라 동네를 빙빙 돌았다. 수도 없이 너를 저주했다. 멈추지 않고 계속 발을 옮겼다. 움직이지 않으면 온몸이 터질 것만 같았다. 열병에 걸린 듯 피부가 화끈거렸다. 턱 끝에 차가운 땀이 고였다가 땅에 떨어졌다. 무릎이 끊어질 듯 아팠지만 멈추고 싶지 않았다. 몸의 고

통으로 마음의 고통을 잊고 싶었다. 심장이 터지게 달리고 싶은데, 눈앞의 어둠은 두려웠다. 미움과 원망의 대상은 어느새 나로 바뀌었다.

"왜 나만 이 꼴로 살아야 해. 왜 나만."

억울해 미칠 것만 같았다.

"너무 억울해. 다 죽어버려."

내 안의 새카만 어둠이 끝도 없이 쏟아져 나왔다. 사람들 모두가 지옥에 빠지길 바랐다. 세상을 향한 저주의 언어를 끊임없이 중얼거렸다.

이제 발끝에는 감각이 없었다. 몸은 더 이상 내 의지에 따라주지 않았다. 더 걷고 싶은데 서 있는 것조차 힘겨웠다. 하늘을 바라봤다. 까만 하늘에 아스라이 반쪽 달이 떠 있었다.

"네가, 불행해졌으면 좋겠어."

내가 말해놓고 마음이 서늘했다. 스스로가 형편없는 쓰레기처럼 느껴졌다. 땀으로 진득했던 목덜미에 서늘한 가을바람이 와 닿았다. 들끓던 분노가 점차 가라앉았다. 폐허가 된 마음속에 허무가 차올랐다.

나는 집을 향해 걸었다. 마당에 들어서니 거실 창으로 옅은 불빛이 새어 나오는 것이 보였다. 엄마는 여전히 텔레비전을 켜놓고 잠들어 있으리라.

예상과 달리 엄마는 반듯하게 앉아 텔레비전에 시선을 고정하고 있었다. 나도 엄마의 시선을 쫓았다. 거실 텔레비전에서는 뉴스 특보가 계속 이어지고 있었다.

"남쪽 타워는 충돌 56분 만에 완전히 붕괴됐습니다. 뉴욕 시민 수천 명이 대피 중이며, 현재까지 200명 이상의 소방관이 연락이 두절된 상태입니다."

앵커의 목소리는 차분했지만, 화면 속 무너져 내리는 건물 잔해와 검은 연기는 전쟁을 연상케 했다. 크나큰 불행을 느닷없이 얻어맞은 수많은 사람들의 삶이 작은 화면 속 건조한 문장으로 보도되고 있었다. 내가 쓰러지듯 주저앉자, 엄마가 깜짝 놀라 내 몸을 부축했다.

다음 날은 미국에서 벌어진 테러로 세상이 하루

종일 시끄러웠다. 반면 나는 어느 때보다 차분했다. 정신이 들자, 온몸에서 통증이 느껴졌다. 기다시피 몸을 일으켜 창 앞에 섰다.

어둠이 걷히고 대지에 색이 칠해졌다. 새파란 가을 하늘이 시리게 푸르렀다. 나는 창을 열고 하늘을 향해 손을 내밀었다. 가을바람이 손가락 사이로 들어왔다. 나는 엄마에게 짐 가방이 어디 있냐고 소리쳐 물었다.

내 안의 검은 새

눈을 떴을 때 세상이 캄캄했다. 몇 번이고 눈을 감았다 떴다. 여전히 세상은 암흑이었다. 심장이 쿵 내려앉았다. 분명 잠들기 전 무드등을 켜놓았는데. 벌떡 일어나 벽을 더듬었다. 내 방 전등 스위치는 문 오른편에 있다. 딸깍, 스위치가 눌리고 눈앞에 빛이 쏟아졌다. 방문과 분홍색 벽지가 시야에 들어왔다. 방 안을 휘 돌아보았다. 작은 책상과 책장, 네 칸짜리 장롱, 바로 전까지 내가 누웠던 이부자리가 똑똑히 보였다.

머리맡 조개껍데기 모양의 무드등으로 다가가 스위치를 눌렀다. 불은 들어오지 않았다. 다시 껐다

켜기를 시도했다. 전구 수명이 닳아버린 모양이었다.

벽에 붙은 디지털시계를 올려다보았다. 새벽 3시 43분이었다. 다시 이부자리로 파고들려다 목이 말라 밖으로 나갔다. 거실과 부엌은 캄캄했다. 나는 발끝으로 바닥을 더듬고 두 손을 앞으로 살짝 내밀었다. 벽에 붙은 전등 스위치를 찾을 요량이었다.

"점점 더 안 보이는 게냐?"

그때 불 꺼진 어둠 속에서 아버지 목소리가 들렸다. 깜짝 놀라 앞으로 내밀었던 손을 내리고 소리가 들리는 어둠을 바라보았다. 들키고 싶지 않은 모습이었다. 더욱이 아버지에게는. 아버지는 거실 불을 켜더니 복잡하고 한탄 같은 신음을 한번 끙, 내고 안방으로 들어갔다. 나는 변기 수조에 물 차는 소리를 들으며 우두커니 서 있었다. 부엌에서 물을 마신 후 거실 불을 끄고 환하게 불 켜진 내 방으로 들어왔다. 조명을 그대로 두고 이부자리에 누웠다. 베개 밑에서 휴대폰을 찾아 밤새 도착한 메시지들을 확인했다.

친한 친구들은 대학생이 되어 도시로 떠났다. 그

나마 연락이 오는 친구들은 이 지역에서 취업해 공장을 다니는 애들이다. 간혹 술자리에 불려 나가기도 했지만 흥미는 없었다. 광고 문자들 사이에 이름만 아는 중학교 동창생의 뜬금없는 안부 문자가 끼어 있었다. 나는 대수롭지 않게 넘겼다. 눈을 감았지만 졸리지 않았다. 몇 시간을 뒤척이다 창으로 새벽이 스며들 때쯤 겨우 잠들었다.

눈을 뜬 것은 10시가 다 돼서였다. 이부자리를 정리하고 밖으로 나오니 집에는 아무도 없었다. 개수대에는 설거짓거리가 가득했다. 온 식구가 아침을 먹고 들에 나간 모양이었다. 가스레인지 위에 무와 감자만 남은 고등어조림 냄비가 있었다. 나와 남동생은 생선을 좋아하지 않는다. 고등어조림은 엄마가 아버지를 위해 해놓은 것이리라. 냉장고를 열어 꿀에 재워놓은 토마토를 꺼내 한 대접 덜어 먹었다. 토마토 화채도 아버지가 좋아하는 것이었다. 나는 쌓여 있는 설거지를 시작했다.

엄마와 아버지는 주말 부부다. 엄마는 농사일로

바쁜 중에도 주말이면 아버지가 좋아하는 요리를 해 놓았다. 가능하면 농사일도 평일에 최대한 서둘러 끝냈다. 새벽같이 일어나 세수도 안 하고 들에 나가 일하던 엄마가 주말이면 화장을 하고 아버지랑 나란히 텔레비전을 보거나 읍내로 외식하러 나가 함께 시간을 보냈다. 아버지는 농사일이라고는 해본 적이 없는 사람이었다. 일을 한들 엄마 성에 차지 않으니 엄마는 아예 시키지도 않았다. 작년까지 아버지는 주말에 집에 내려와도 손 하나 까딱하지 않았다. 그러나 올해 엄마가 무슨 욕심인지 논농사 규모를 세 배로 늘렸다. 나는 어렴풋이 그 이유를 짐작했다. 두 어깨가 힘없이 내려앉았다.

벼는 시골 일거리 중 가장 손이 덜 가는 작물이다. 봄에 심어 가을에 추수하기까지 물꼬만 잘 봐주면 된다는 것이 어른들의 이야기였다. 그러나 실상 손이 아예 가지 않는 것은 아니었다. 때때로 농약을 쳐야 하고, 비료를 주어야 이삭을 제대로 맺는다. 한여름 논둑의 풀은 얼마나 자주 깎아야 하는지 모른다. 그래도 벼는 나라에서 수매하므로 판로를 걱정할 필요는 없었다.

농사일이 늘어나니 아버지도 한 손 거들 수밖에 없었다. 주말 새벽이면 엄마는 농약 통을, 아버지는 예초기를 메고 나갔다. 아마 오늘도 엄마와 아버지는 그 모양새로 논바닥에 있을 터였다.

남동생 찬이가 자전거를 타고 동네를 한 바퀴 돌았는지 마당으로 들어왔다.

"누나 일어났어? 아침부터 대땅 더워!"

남동생이 얼음물을 찾았다. 나는 얼린 페트병을 꺼내 주었다. 동생이 페트병을 끌어안았다가 얼굴에 비비기를 반복했다.

"엄마 아버지 일찍 나갔어?"

내가 물었다.

"몰라, 일어나니까 없던데."

나는 축사를 돌아봤다. 소들이 사료통을 반들반들하게 핥아놨다. 물통에는 하루살이며 사료 부스러기들이 둥둥 떠다녔다. 양동이로 더러운 물을 퍼내고 비닐 호스를 연결해 물통 가득 깨끗한 물을 채웠다. 파리 떼가 바닥에 널린 분뇨 위에 새까맣게 앉았다가 소 엉덩이에 달라붙었다. 찬물을 마시던 소가 귀찮은 듯 꼬리를 휘저었다. 윙 우웡, 파리들이 소리를 내며 흩어졌다. 나는 빗자루를 들고 흩어진 건초를 축사 안으로 쓸어 넣었다. 그때 얼굴이 새빨갛게 달궈진 아버지가 씩씩대며 집으로 들어왔다. 회색 작업복이 땀에 절어 있었다. 아버지는 목에 두른 수건으로 땀을 닦으며 내게 소리 질렀다.

"얼음물 내 와라! 빨리!"

그 소리를 들었는지 남동생이 끌어안고 있던 페트병을 가지고 밖으로 나왔다. 아버지는 예초기를 던지듯 헛간에 내려놓고는 페트병에 입을 대고 물을 벌컥벌컥 마셨다. 그리고 못마땅한 듯 나를 노려보더니 목장갑을 벗어 아무렇게나 던지면서 내게 화풀이를 해댔다.

"넌 태평해 좋겠다. 부모는 새벽같이 나가 뼛골 빠지게 일하는데 늘어지게 늦잠이나 자고."

아버지는 절레절레 고갯짓하며 중얼거렸다.

"으휴, 깝깝하다 깝깝해. 저걸 언제까지 먹여 살려야 하나."

울컥 넘치려는 설움을 가까스로 눌렀다.

나는 5년 전 시력을 잃어가는 병을 판정받았다. 야맹증이 심해져 안과 검진을 받으러 갔다가 그 사실을 알게 되었다. 처음에는 큰 충격을 받았던 가족들도 점차 시련에 적응해 갔다. 불행도 익숙해지면 일상이 되어버린다. 불편함이 있지만 완전히 캄캄한 어둠이 아니라면 아직은 일상생활에 문제가 없었다. 아니, 솔직히 나는 부인하고 싶었다. 그것이 의사의 오진이고, 그래서 내게 아무 일도 일어나지 않을 거라고 믿고 싶었다.

친한 친구들이 모두 큰 도시의 고등학교로 진학할 때, 엄마는 그 눈으로 어떻게 낯선 곳에서 혼자 살 수 있겠냐며 내가 도시로 가는 걸 반대했다. 몇 날 며칠을 싸웠지만 결국 엄마 말을 들을 수밖에 없었다.

나는 고향 도시의 인문계 고등학교로 진학했다. 그 고등학교는 지역 주민들의 조롱거리였다. 누구는 돌밭이라 불렀고, 누구는 혼자 들어가서 셋이 되어 나온다며 되바라지고 문란한 애들이나 다니는 학교라고 손가락질했다. 나 또한 만만하게 여기다 못해 후져빠졌다며 경멸하던 학교였다. 하지만 내 학교가 되면서 마음을 달리 먹었다. 이왕 이렇게 된 거 내신 성적이라도 잘 받아 대학은 제대로 된 곳에 입학하겠다는 포부를 가졌다.

예상대로 크게 노력하지 않아도 성적 관리는 잘 되었고 어느덧 대학 입시를 준비할 때였다. 여름방학을 앞두고 1차 수시 모집이 시작되었다. 담임선생님과 상의하여 국립대 수학교육과에 원서를 넣으려 했다. 그때도 엄마는 반대했다.

"너 완전히 시력이 사라지면 그땐 어떡할 건데? 아무리 국립대라 해도 4년 동안 들어갈 학비랑 생활비는? 너 그 눈으로 알바라도 할 수 있겠어?"

뭐라 반박할 수가 없었다.

내가 세상 쓸모없는 사람이 되어가는구나…….

그런 생각을 하자 모든 게 시들해지고 의미가 없어졌다. 담임선생님은 내 사정을 듣더니 그럼 사회복지학과는 어떻겠냐고 물었다. 엄마는 그것도 반대했다. 엄마는 당신이 죽을 때까지 나를 품고 있을 생각이었다. 만일 엄마가 먼저 죽게 되면 생활보호대상자가 될 테니 그땐 어디 시설에 들어가든지 하라는 거였다. 나는 자포자기 상태였다. 고등학교를 졸업할 때는 눈이 잘 안 보이는 게 하루가 다르게 느껴질 정도로 시력 저하의 진행이 빨라졌다.

나는 무기력했고 긴 한숨을 습관처럼 내뱉었다. 슬금슬금 부모님의 눈치를 살폈다. 원래도 아버지와는 그리 가깝지 않았다. 아버지는 자신의 세계를 지키는 것밖에 모르는 사람이었고 그 세계에는 이상하게도 제 자식은 포함돼 있지 않은 것 같았다. 아버지가 내려오는 주말이면 눈에 띄지 않으려 온종일 방에 틀어박혀 있었다. 그런 나를 아버지는 못마땅해했다. 언제부턴가 아버지의 눈초리에 나를 향한 경멸이 섞

였다. 화가 났지만 차마 아버지에게 덤벼들지는 못했
다. 달리 할 말도 없었다. 아버지 마음을 전혀 이해하
지 못하는 것은 아니기 때문이었다.

　농약 통을 짊어지고 들어온 엄마는 아버지가 바
닥에 내팽개쳐 놓은 예초기며 장화를 보고 어이없다
는 듯 혀를 찼다.

"아침 먹었어?"

엄마가 내게 물었다.

"아직."

나는 아무 일도 없던 것처럼 대답했다.

"엄마 씻고 좀 쉬었다가 점심은 나가서 먹고
오자."

"응, 알았어."

　우리 식구는 엄마가 운전하는 차에 타고 읍내 중
화요리점에 갔다. 점심시간을 피한 터라 홀에는 손님
이 한 테이블뿐이었다. 아버지가 간짜장 네 개와 군
만두 한 접시를 주문했다. 나는 수저를 놓고 남동생

은 물을 따랐다. 우리 식구는 별다른 대화 없이 벽에 매달린 텔레비전을 보거나 창밖을 내다봤다.

철가방을 든 노란 머리 남자가 식당 유리문을 열고 들어와 우리 차를 다른 곳으로 옮겨달라고 요청했다. 엄마가 차 키를 들고 일어섰다. 노란 머리 남자는 철가방을 빈 테이블에 내려놓고 주방으로 들어가 중국말로 무어라 지껄였다. 억양은 싸우는 것 같았는데 말을 하다 서로 껄껄 웃었다. 그러고는 그 남자가 쟁반에 밑반찬을 가지고 나와 우리 테이블에 내려놓고 갔다.

엄마는 주차할 데가 마땅치 않은지 아직 돌아오지 않았는데 노란 머리 남자가 주방에서 음식을 가지고 나왔다. 각자의 자리에 면이 담긴 그릇이 놓였다. 면 위에는 고명으로 삶은 달걀 반쪽과 채를 썬 오이, 완두콩이 올라가 있었다. 짜장 소스는 대접 두 개로 나뉘어 왔다.

아버지가 플라스틱 국자로 짜장 소스를 덜어 자기 면 위에 잔뜩 올렸다. 다음으로 엄마 그릇 위에 짜

장 소스를 가득 올렸다. 그다음 차례는 남동생 그릇
이었다. 소스가 담겼던 두 대접에 건더기는 거의 없
고 국물만 바닥에 조금씩 남았다. 때마침 엄마가 돌
아왔다. 아버지는 국물만 조금 남은 소스를 내 면기
에 쏟아부었다. 내 몫으로 주어진 짜장면은 허연빛이
었다. 엄마가 그걸 보고 아버지 어깨를 툭 치며 눈을
흘겼다.

"이이가 왜 이래?"

엄마가 자기 몫의 짜장 소스를 내 면 위에 덜었
다. 곧 군만두가 서빙되었다.

"맛있게 드세요."

남자가 고개를 꾸뻑 숙이고 철가방을 올려놓은
빈 테이블 의자에 앉아 텔레비전을 보았다. 나는 면
을 비벼 한 젓가락 먹다가 다시 식탁에 젓가락을 내
려놨다. 도저히 견딜 수가 없었다. 조용히 자리에서
일어났다. 엄마가 내 팔을 잡았다. 눈치만 보던 남동
생도 나를 올려다봤다. 아버지는 짜장면에 환장한 사
람처럼 연신 젓가락질만 했다. 나는 엄마의 손을 뿌

리치고 식당 밖으로 나갔다. 그저 그 자리에서 벗어나고 싶었다. 화를 주체할 수 없었다. 이런 취급을 받고 살아야 한다면 죽는 게 나았다. 누구도 나를 따라오지 않았다. 입가에 묻은 짜장 소스를 손으로 문질러 닦았다.

번화가가 가까워질수록 알 만한 얼굴들이 보였다. 나는 발길을 돌려 집 쪽으로 향했다. 읍내에서 집까지는 12, 13킬로 정도 떨어져 있다. 주머니에는 땡전 한 푼 없었다. 자동차들이 내 옆을 쌩쌩 지나갔다. 슬며시 뒤를 돌아봤다. 엄마 차가 보일까 싶어서였다. 나는 일부러 빙 돌아 대로가 아닌 농로로 걸었다. 최대한 집에 늦게 도착하고 싶었다. 아니, 집에 가기가 죽기보다 싫었다. 그러나 캄캄해지기 전에 들어가야 했다. 어둠이 내리면 속수무책이 될 터였다.

숨을 들이마시다 날파리인지 하루살이인지 모를 작은 날벌레가 목구멍으로 들어갔다. 눈물이 쏟아질 정도로 마른기침을 해댔다. 격렬한 기침 때문인지 눈앞이 반짝거렸다. 덥고 목이 마르고 삼선 슬리퍼를 신은 발바닥이 아팠다.

들판은 온통 초록 일색이었다. 농로는 흰 포장도로였는데 양쪽 갓길로 풀들이 무성했다. 며느리밑씻개가 줄기를 슬며시 포장도로로 뻗어 왔다. 가시넝쿨에 맨다리를 긁혔다. 얼굴엔 끈끈한 거미줄이 엉겨붙었다. 부지런한 거미들이 길을 가로지르는 배구 네트를 여기저기 쳐놓았다. 농로는 한적한 대신 곳곳의 트랩을 조심해야 했다. 이따금 손톱만 한 풍뎅이가 위협하듯 내 귓바퀴에도 어깨에도 쿵 부딪치고는 뺑소니를 쳤다. 논에서 먹이를 찾던 백로가 하늘로 날아올랐다. 나는 백로가 점이 되어 시야에서 사라질 때까지 넋을 놓고 바라봤다. 나도 어디론가 훨훨 날아가 버리고 싶었다. 집에서도 동네에서도 벗어나고 싶었다. 가슴이 답답해졌다. 엄마고 아버지고 꼴도 보기 싫었다. 그러나 아무리 천천히 걸어도 어느새 동네는 코앞이었다. 집 앞마당에 엄마의 빨간 승용차가 보였다.

나는 반대 골목으로 돌아 느티나무 밑 평상에 갔

다. 어른들은 모두 들어가셨는지 아무도 없었다. 평상에 누워 나뭇잎 사이로 보이는 푸른 하늘을 한동안 바라보았다. 언제 모기에 뜯긴 건지 정강이 여기저기가 간지러웠다.

여름의 어둠은 서서히 세상으로 내려왔다. 해는 이미 넘어갔다. 나는 느릿느릿 몸을 일으켜 집으로 걸었다. 식구들은 거실에 모여 앉아 텔레비전을 보고 있었다. 나는 화장실로 들어가 발을 닦고 세수를 했다. 모기 물린 자리가 화끈거렸다. 그사이 엄마는 저녁 식사를 준비했다.

"찬아! 누나 나와 밥 먹으라고 해."

동생이 화장실 앞을 지키고 섰다가 밥을 먹자며 부엌으로 끌고 갔다. 모두가 날이 선 상태로 앉은 밥상에는 누가 먼저 터질지 모를 긴장감이 감돌았다. 인내심이 짧은 이는 아버지였다.

"아무것도 아닌 일로 왜 골질이야? 넌 부모가 너 때문에 얼마나 갑갑할지 생각도 못 하지?"

아버지는 숟가락을 상 위에 딱 소리 나게 내려놓

고 나가버렸다. 나는 젓가락을 들고 있다가 입안의 밥도 채 삼키지 못하고 흐르는 눈물을 손등으로 닦았다. 하루 종일 굶은 탓에 입안의 밥은 달았다.

"울지 말고 밥 먹어."

엄마는 대수롭지 않다는 듯 국에 밥을 말아 후루룩 삼켰다.

"너무 신경 쓰지 말고. 아침에 논둑 깎았다고 유세 떠는 거야. 저이는 고아로 커서 그런가, 자식에 대한 애정이라고는 어쩜 낱알 하나만큼도 없나 몰라!"

나는 꾸역꾸역 밥을 먹었다. 동생이 눈치를 슬금슬금 보는 것도 마음이 아팠다. 엄마는 들어가 쉬라며 저녁 먹은 설거지도 시키지 않았다. 남동생이 방으로 따라 들어와 내 귀에 속닥였다.

"엄마가 아빠한테 막 뭐라고 했어. 누나 화 풀어."

어린 남동생에게 위로받아야 하는 내 처지가 구차했다.

이불을 깔고 누워 선풍기 방향을 바닥으로 고정

했다. 온종일 걸었더니 몸도 마음도 피곤했다. 멀리서 소쩍새 우는 소리가 들려왔다. 집은 아늑한 공간이었지만 이대로 평생을 산다는 것은 지옥이었다. 그러나 집 밖의 세상이라고 크게 다를 것도 없었다. 며칠 동안 내 휴대폰은 울리지 않았다. 연락해 올 사람도, 할 사람도 없었다. 어디에도 끼지 못하고 나만 도태되고 있다는 생각에 외롭고 쓸쓸했다.

막 잠이 들 참이었는데 갑자기 휴대폰 벨이 울렸다. 일어나기 귀찮았지만 누가 내게 전화했을지 궁금했다. 화면에 뜬 전화번호는 저장되지 않은 번호였다. 나는 비몽사몽 중에 전화를 받았다. 들려온 목소리의 주인공은 중학교 때 같은 반이었던 지숙이었다. 나와는 전혀 접점이 없던 동창이다. 지숙은 우리가 엄청 친했던 사이처럼 호들갑을 떨며 옛 추억들을 늘어놓았다.

"너 영은이랑 연락해? 나 영은이랑 한참 친하다 그 기집애가 나 왕따시켰잖아. 알지? 우리 학주 별명이 피터 팬이었던 거 기억나? 피 터지게 팬다, 피터 팬. 너 모범생이었잖아. 대학은 어디 갔어? 혹시 재수해?"

나는 떨떠름하게 응, 아니, 로만 대답했다. 왠지 지숙이 별로 신나지도 않으면서 즐거운 척 연기하고 있는 것처럼 느껴졌다. 이야깃거리가 바닥났는지 지숙이 잠시 침묵했다. 그 틈에 내가 용건을 물었다.

"근데 어쩐 일이야?"

"나 서울로 취업했어. 혹시 소문 들었니?"

나는 들어본 적 없다고 대답했다. 중학교 친구들과는 애저녁에 소원해졌기 때문이다. 그러나 지숙에게 굳이 그 말은 하지 않았다.

"식품 유통 회사야! 나름 대기업이고 나는 고졸 특별 채용으로 입사했어. 비서실에서 주로 전화받는 일인데 내 밑으로 팀을 꾸려야 해. 그런데 내가 뭐 인맥이 있나? 학교 다닐 때 친했던 애들 위주로 전화 한 번씩 돌려보는 중이야. 너 관심 있음 이번 기회에 연수 한번 받아보는 거 어때? 성적이 좋으면 바로 정직원 채용이고 떨어지면 일당 계산해서 줘. 알바했다 생각하면 큰 부담도 없잖아. 근데 너처럼 성실하면 떨어질 염려는 없어."

"언제까지 대답해야 하는데?"

"지금 당장. 내일부터 연수 시작이야. 너무 아까운 기회라서 내가 이렇게 다급한 거야."

평소라면 신중히 고민해 보겠다는 핑계를 대고 전화를 끊었을 것이다. 그러나 지금은 당장 집에서 벗어날 수만 있다면 썩은 동아줄이라도 잡고 싶었다. 지숙의 재촉이 마음에 걸리지 않는 것은 아니었지만 나는 잠깐 망설이다 지숙의 손을 잡았다.

"신입 연수가 2주 동안이야. 기숙사가 제공되니까 간단히 짐 챙겨서 올라오고, 12시 입소니까 11시까지 동서울터미널에 도착하면 내가 데리러 갈게. 아참, 올라올 때 가족관계증명서랑 등본 한 통 떼어 와. 너 인생 일대 최고의 기회 잡은 거야."

지숙은 내게 생색을 내면서도 불안한 듯 말끝에 몇 번이고 내일 꼭 와야 한다고 다짐을 받았다.

"내가 10시 30분부터 터미널에서 기다릴 거니까

꼭 시간 맞춰 와야 해. 꼭."

나는 알겠다고 대답하고 전화를 끊었다. 알 수 없는 흥분이 우울했던 마음을 밀어냈다.

나는 아침부터 보란 듯 부산을 떨었다. 동생이 수학여행 갈 때 썼던 작은 여행 가방에 짐을 쌌다. 아버지는 새벽 첫차로 출근해 마주치지 않았다. 엄마에게는 자세한 설명 대신 2주간 친구의 직장에서 알바를 할 거라고만 말했다. 엄마가 읍내까지 태워다 주겠다면서 자동차 키를 들고 나섰다. 나는 그럴 것 없다고 거절했다.

시내버스 시간에 맞춰 가방을 끌고 집을 나섰다. 엄마에게는 한사코 배웅할 필요 없다고 손짓했다. 신작로에서 기다리던 시내버스를 탔다. 읍내 주민센터에서 서류를 떼고 터미널로 이동해 서울로 향하는 고속버스에 올랐다. 흥분되면서 불안하고 왠지 통쾌하면서 긴장되기도 했다. 서울에 가까워질수록 머릿속이 시끄럽다 못해 정지되는 기분이었다.

우리는 서로를 알아보지 못했다. 지숙의 첫인상은 무척 어른스러웠다. 흰 블라우스에 검은 스커트가 촌스럽기도 하고 유능한 도시 여성 같아 보이기도 했다. 반면 나는 청 반바지에 면티 차림이었다. 서로 멀뚱히 바라보던 중 지숙이 먼저 나를 알아보고 내 이름을 불렀다. 나는 그제야 지숙인 것을 알았다. 화장을 하고 분위기가 달라졌지만 가까이서 보니 옛 얼굴이 남아 있었다. 지숙이 엎어지듯 나에게 달려왔다.

"잘 왔어. 이쪽으로 나가면 회사 차가 기다리고 있어. 우리 함께 잘해보자."

깡마른 지숙은 보기와 다르게 힘이 셌다. 한 손으로는 내 가방을 끌면서 다른 손으로 나를 거의 잡아끌다시피 하며 걸어갔다.

어느새 나는 지숙과 검은 승용차에 올라타 있었다. 지숙이 운전석 남자를 간단히 소개했다. 비서실에서 함께 일하는 과장님이며 특별히 나를 위해 차로 픽업을 나온 것이라는 말을 덧붙였다. 나는 감사하다고 말했지만 별다른 대꾸는 없었다. 남자는 차에 올라탈 때 꾸벅 인사를 한 것 외에는 줄곧 입을 다문 채 운전만 했다. 반면 지숙은 쉴 새 없이 떠들었다.

"짐은 기숙사에 가져다 놔달라고 할게. 연수 중엔 휴대폰 사용 금지니까 연수원 보안요원한테 맡기면 돼. 2주간 나는 너의 멘토야. 처음에는 어리둥절할 텐데 강사님 강연 들으면서 모르는 건 내게 묻도록 해."

"정말 연수만 받아도 일당을 준다는 거지?"

"당연하지. 우리 대기업이야."

지숙이 어이없다는 듯 웃었지만 나는 지숙이 웃을 적마다 알 수 없는 부자연스러움을 느꼈다.

자동차는 어느 빌딩 앞에 우리를 내려놓고 사라졌다. 지숙은 차에서 내리자마자 다시 내 팔짱을 꼈다. 휘둘러보니 번듯한 건물은 눈앞의 빌딩 하나였다. 주변은 단층 상가나 빨간 벽돌 빌라들로 어수선했다. 상가 간판은 한글보다 붉은 글씨의 한자로 된 것이 많았다.

지숙은 빌딩 로비로 들어가지 않고 주차장이 있

는 지하로 나를 이끌었다. 내가 걸음을 멈추자 지숙이 다시 웃으며 상황을 설명했다.

"갑자기 잡힌 신입사원 오리엔테이션이라서…….장소가 좀 후지지? 회사가 허례허식보다 실리를 더 중시하는 방침을 갖고 있어."

지하 1층은 차들이 주차돼 있었다. 지하 2층에 들어서는 입구에는 화환이 줄지어 서 있었다. 양복을 입은 사람들이 책상을 갖다 놓고 무언가 일을 하고 있기도 했다. 무전기를 찬 건장한 남자들도 보였다. 지숙은 어느 책상 앞으로 나를 데려가 자신의 이름과 소속을 이야기하고, 내게는 떼 온 서류를 책상에 앉아 있는 젊은 여자에게 내라고 지시했다. 나는 메고 있던 크로스백에서 서류봉투를 꺼내 건넸다. 여자는 서류를 보며 내 이름이 적힌 부분에 형광펜으로 표시를 했다.

"곧 시작하니 어서 들어가세요."

여자가 재촉했다. 지숙이 낀 팔짱에 힘이 들어갔다. 지하 2층 주차장으로 가는 내리막길을 걸었다. 중간중간 무전기를 찬 남자들이 서 있었다. 도착한 주차장은 어수선하기 이를 데 없었다. 한쪽은 간이 사무실인지 창고인지 모를 공간이 패널로 막혀 있었고, 나머지 공간은 마치 교실처럼 단상과 책상들이 준비돼 있었다. 자리는 100석 가까이 되는 듯싶었는데 정작 의자에 앉아 있는 이들은 반도 안 됐다.

검은 양복을 입은 남자가 플라스틱 바구니를 들고 우리 앞에 섰다. 지숙은 휴대폰을 끄고 바구니에 넣으라고 지시하며 시범을 보였다. 나도 지숙을 따라 휴대폰 전원을 끄고 바구니 속에 내려놓았다. 지숙은 내가 자리를 잡고 의자에 앉는 것을 확인하고는 사무실에 다녀오겠다며 사라졌다.

나는 의자에 앉기 전부터 잘못 걸렸다고 생각하고 있었다. 7월이었음에도 지하의 공기는 서늘했다. 내 마음도 차갑게 식어버렸다. 온몸이 긴장으로 굳는 것 같았다. 나와 같은 어리숙한 이들의 얼굴을 둘러봤다. 성별은 여성이 좀 더 많은 것 같았다. 나이는 제각각으로 내 또래도 있고 할아버지 같은 대머리 노인도 있었다. 나는 개미굴 속 같은 이곳을 어떻게 빠져나가야 할지를 고민했다.

그때 마이크가 끼익 끼익 소리를 내며 켜지더니 단상에 족제비처럼 생긴 남자가 올라서서 자기소개를 했다. 나는 몽땅 헛소리라 생각하며 제대로 듣지 않았다. 그는 화이트보드에 판서를 해가며 무언가를 설명했는데 내 시력으로는 보이지 않았다. 다만 무슨 조직도 같은 것이라고 이해했다. 의심이 확신으로 굳어지는 순간이었다.

얼마나 시간이 지났을까. 회색 양복을 입은 족제비가 강단에서 내려왔다. 30분간의 휴식 시간이었다. 지숙이 내게 다가왔다. 나는 지숙의 팔을 붙잡고 화장실에 다녀오겠다고 말했다. 굳은 내 표정을 본 지숙이 조금만 더 자신을 믿고 강의를 들어보라고 설득했다. 더 들어볼 필요도 없었다. 나는 그대로 몸을 돌려 밖으로 나가는 오르막 입구를 찾으려 했다. 검은 양복을 입고 무전기를 찬 남자들이 순식간에 내 옆으로 두세 명 모여들었다. 지숙이 내 팔을 잡아끌며 어디를 가려 하냐고, 곧 강의가 시작된다고 했다. 지숙의 팔을 뿌리쳤다. 그러자 지숙이 내 앞을 턱 막아서며 낮게 뇌까렸다.

"가긴 어딜 가? 너 절대 못 가."

자신만만한 지숙의 표정을 보는 순간 꼭지가 확 돌았다.

"나쁜 년. 휴대폰 내놔. 당장 안 내놓으면 너, 신고할 거야."

지숙을 노려보며 말했다. 지숙은 태세를 전환해서 이번엔 영문을 모르겠다는 표정으로 나를 달래려 했다. 나는 빨리 휴대폰 가져오라고 소리를 질렀다. 소란이 커지니 양복쟁이 하나가 사무실로 데려가 오해를 풀어주라고 지숙에게 명령했다.

"사무실은 무슨. 밖으로 나갈 거야! 여기 다단계 잖아!"

내가 비명처럼 소리를 내지르자 결국 지숙이 나를 끌고 주차장 출구로 올라갔다. 나는 뛰다시피 걸어 빌딩 밖으로 나갔다. 햇살 아래 서자 긴장이 풀린 건지 순간 다리에 힘이 빠져 주저앉을 뻔했다.

"네가 뭘 오해하는지 모르겠지만 우리 대기업이야. 아무것도 강제로 안 해. 들어가서 두 시간만 강의 들어보면 네가 얼마나 큰 기회를 잡았는지 알 수 있을 거야."

"개소리하네. 사기 치지 마. 왜 날 끌어들여? 빨리 내 휴대폰이랑 가방 갖고 와."

지숙 뒤로 검은 양복을 입은 남자 셋이 병풍처럼 둘러섰다. 햇빛 아래서 보니 덩치와 험악한 인상이 결코 예사롭지 않았다.

"지숙 님."

우두머리로 보이는 남자가 지숙을 위협하듯 노려봤다. 지숙은 겁먹은 듯 남자를 보다가 이내 고개를 살짝 저었다. 나는 차가 다니는 큰길로 도망쳤다. 근처에 버스 정류장이 있었다. 길에 행인도 보였다. 지숙이 나를 쫓아왔다.

"기다려. 짐 가져다줄게."

지숙이 나를 포기했다. 더 이상 거짓 미소를 짓

지 않는 그녀의 표정에는 짜증이 가득했다. 제 맘대로 되지 않으니 당연한 반응이었다.

지숙이 빌딩으로 향했다. 나는 버스 정류장 기둥에 기대어 섰다. 태양에 달궈진 철은 무척이나 뜨거웠다. 그러나 나는 기둥에서 몸을 떼지 않았다. 그 고통은 어리석은 내게 주는 형벌 같은 것이었다. 멀리서 지숙이 구두를 또각거리며 다가왔다. 나는 지숙이 내미는 휴대폰을 낚아채듯 받아 들었다.

"내 가방은?"

"기다려. 가져올 거야."

지숙이 버스 정류장 플라스틱 의자에 앉았다. 나는 휴대폰을 켜고 엄마에게 전화를 걸었다. 엄마는 통화음이 두 번 울리기도 전에 기다렸다는 듯 전화를 받았다. 엄마 목소리를 듣는 순간 눈물이 와락 쏟아졌다.

"엄마. 나 좀 있다 내려갈게."

내가 울먹거리자 엄마는 놀란 듯 소리를 질렀다.

"너 지금 어디야? 무슨 일 생긴 거야? 빨리 엄마

한테 말 안 해?"

"고속버스 타면 다시 전화할게."

눈물 콧물 범벅이 된 나는 전화를 끊고 지숙의 반대편 플라스틱 의자에 앉았다. 지숙이 훌쩍이는 내게 낮게 으르렁거렸다.

"너 운 좋은 줄 알아. 밖에다 소문내지 말고, 특히 우리 집에 아무 말 하지 마. 만일 네가 이상한 소리 하고 다니면 그땐 가만 안 둘 거야."

협박이었지만 무섭지 않았다. 나는 대꾸하지 않았다. 내가 침묵하자 아쉬워진 쪽은 지숙이었다. 지숙은 몇 번이고 같은 말을 반복했고 내게서 확답을 받고 싶어 했다. 그때 한 승용차가 우리 앞에 섰다. 운전석에서 모르는 사람이 내렸다. 그가 자동차 트렁크를 열어 내 가방을 던지듯 길에 내려놓고 지숙을 한번 노려봤다.

"정리 잘 해!"

그는 화난 목소리로 지숙에게 말하고는 운전석 문을 쿵 닫고 사라졌다. 나는 차가 떠나자마자 내 가방을 챙겨 택시를 잡았다. 가방을 끌어안고 뒷자리에 올라탔다. 지숙이 나를 밀며 내 옆으로 들어왔다. 우리는 한마디도 하지 않았다. 동서울터미널에 내려 매표소에서 집으로 가는 표를 사는 동안 지숙은 아무 말 없이 나를 따라다녔다. 내가 버스에 올라타기 전 지숙은 내 팔을 붙잡으며 애원했다.

"제발 우리 집에는 암말 말아줘. 부탁이야."

나는 대답하지 않았다. 그러자 지숙이 나를 잡고 있던 손에 힘을 줬다. 나는 신경질적으로 그 손을 털어내며 지숙에게 쏘아붙였다.

"이 사기꾼. 쓰레기. 난 너처럼은 살고 싶지 않아."

지숙은 인상을 잔뜩 찌푸렸다.

"뭐, 사기꾼? 네 발로 찾아왔잖아. 네 인생이 불쌍해서 순순히 보내주는데 고마운 줄 모르고 누구한테 사기꾼이래?"

"내가 불쌍하다고? 아, 너 내가 눈 안 보인다는 걸 알고 날 이용하려는 거였구나. 내가 그렇게 만만하게 보였니? 내가 완전 눈이 멀더라도 너 같은 년한

테는 안 당해. 어디서 수작질이야. 너 두고 봐. 동창
상대로 사기 친다고 동네방네 떠들 거니까."

지숙은 잠시 어리둥절한 표정을 지었다.

"네 눈? 눈이 뭐 어쨌다는 거야? 아, 됐고, 동창
들이랑 우리 집엔 절대 말하지 마. 제발 부탁할게."

"……."

간절한 지숙을 뒤로하고 버스에 올라탔다. 자리
에 앉아서 창밖을 보니 지숙은 여전히 그 자리에 못
박힌 듯 서 있었다. 눈이 마주친 나는 복잡한 심경으
로 지숙을 바라보았다. 조금 떨어져서 바라본 지숙의
얼굴엔 두려움과 절망, 막막함 같은 것이 묻어 있었
다. 어쩌면 내 얼굴도 누군가에겐 저렇게 보일까. 버
스가 출발했다. 지숙의 모습은 점점 작아지다가 하나
의 점이 되어 사라졌다.

주머니 속에서 휴대폰 진동이 쉴 새 없이 울려
댔다. 엄마였다. 전화를 받으려다가 문득 가방이 달
라져 있음을 알았다. 천으로 된 가방에 칼로 찢은 듯
한 자국이 여러 군데 있었다. 혹시나 싶어 비밀번호

로 잠가 두었던 자물쇠를 살펴봤다. 역시 망가져 있었다. 지퍼를 열어보니 옷가지며 생활용품들이 몽땅 제멋대로 흩어져 있었다. 그나마 잃어버린 물건은 없는 것 같아 다행이었다. 얼마 되지 않는 돈은 주머니 속 지갑에 있었다. 어쩌나 손이 떨리는지 지퍼를 잠글 수 없었다. 그러면서도 가방 꼴을 보면 놀랄 엄마가 걱정되었다.

다시 휴대폰 진동이 울렸다. 전화를 받았다. 내 목소리를 들은 엄마는 소리를 질러대며 지금 어디냐고 물었다. 나는 지금까지의 상황을 두서없이 말했다.

"그려, 버스 탔으니 됐어. 얼른 와. 엄마가 터미널로 데리러 나갈게."

전화를 끊고 나자 온몸에서 힘이 빠졌다. 의자에 앉아 있는데도 몸이 밑으로 죽 내려가는 것 같았다. 무사히 빠져나왔다는 안도와 지숙에 대한 분노와 연민, 이 꼴로 돌아가야 한다는 부끄러움이 나를 괴롭게 했다.

집에 가까워질수록 창피한 마음은 더 커졌다. 한나절 외출이 수십 일은 지난 것처럼 느껴졌다. 알아서 하겠다며 큰소리치고 나왔는데 이런 꼴로 돌아왔으니 식구들 얼굴을 어떻게 볼까. 쥐구멍이라도 있다면 숨고 싶었다. 특히 아버지가 알게 될까 봐 그게 제일 걱정스러웠다. 엄마가 제발 아버지에게 아무 말도 하지 않았기를 바랐다.

버스를 타기 전에는 그토록 집에 돌아가고 싶었는데 막상 집을 생각하니 가슴이 답답했다. 쨍하게 파란 하늘이 꼭 나를 비웃는 것 같아 저주스러웠다. 차라리 이대로 사고라도 난다면. 야속한 버스는 씽씽 도로를 달렸다.

고속버스가 읍내 터미널로 들어섰다. 저 멀리 엄마가 보였다. 엄마는 들어오는 버스마다 고개를 빼고 두리번거리고 있었다. 그 모습을 본 순간, 내 안의 깊숙한 곳에서부터 뜨거운 무엇이 올라오더니 왈칵 두 눈으로 쏟아졌다. 버스에서 내리는 나를 발견한 엄마가 달려왔다. 엄마는 한쪽 팔로 내 목을 감아 품에 가

두었다.

"내 새끼…… 나 살아 있는 한은 내가 네 눈이여."

내 머리 위로 쏟아진 엄마의 목소리는 뜨겁고 단호했다. 순간 바람 맞은 들불처럼 길길이 날뛰던 내 안의 소란과 불안, 분노, 두려움, 억울함, 부끄러움, 정체 모를 우울감이 마치 연줄 끊기듯 툭 날아가는 듯했다. 마음 한구석엔 여전히 소스 없는 허연 짜장면이 박혀 있었지만, 그 순간만큼은 마음이 더없이 고요하고 평온했다.

고개를 들자 주차장 지붕을 박차고 오르는 새가 보였다. 처음 보는 새였다. 새는 시리도록 푸른 하늘로 훨훨 날아오르고 있었다. 나는 엄마 품에 안긴 채로 이름 모를 새를 오래오래 올려다보았다.

브라자는 왜 해야 해?

답안지 작성을 끝낸 것은 시험지를 받고 10분 남짓 지나서였다. 답을 쓰지 못한 칸은 하나도 없었다. 특수학교의 시험은 한숨이 나올 정도로 형식적이었다. 시험 일주일 전에 교과 담당 교사가 직접 만든 예상 문제집을 나누어 준다. 심지어 어떤 교사는 답까지 달아 제발 외워 오라고 사정을 한다.

우리 반은 총 열다섯 명으로 다양한 연령이 모여 있다. 나처럼 제 나이의 동급생도 있고 한두 살 차이의 또래도 있다. 제일 연세가 많으신 정우 아저씨는 우리 아빠보다도 네 살이 많다. 특수학교의 학생들은 집에 방치되거나 복지관을 떠돌다가 성인이 된 후에 학교의 존재를 뒤늦게 알고 입학한 사례가 태반이었다. 반마다 나이가 많은 학생들의 비중이 높은 이유는 그 때문이었다. 특히 고등부는 직업 교육 과정이라 안마사 자격증을 받으려면 반드시 입학해 일반 교과는 물론 직업 교과까지 이수해야 했다. 나는 열다섯 살 때 발병한 병으로 서서히 실명하고 있었다. 그 바람에 고등학교를 도시의 특수학교로 오게 되었다. 집과는 70킬로미터 떨어져 있어 기숙사 생활을 했다.

책상에 답안지를 뒤집어 놓고 주위를 둘러봤다. 나와 동갑인 진우는 왼손으로는 점자 문제지를 더듬어 읽고, 점필을 잡은 오른손으로 답안지를 꾹꾹 써 내려갔다. 중복장애가 있는 영애 언니는 사탕을 까먹고 있었고, 현수 아저씨는 책상에 엎드려 잘 준비를 하고 있었다. 두 사람은 시험과 상관없었다. 중복장애가 있는 학생들은 어차피 자격증이 나오지 않기 때문에 학급의 머릿수만 채우는 유령 학생이었다. 전맹 만학도들은 점자 문제지를 읽는 척했다. 저시력 오빠

들은 흘깃흘깃 내 눈치만 살폈다.

교탁에 앉아서 신문을 넘겨 보던 이료(시각장애인을 대상으로 하는 안마·침·뜸·교정 등 수기 요법과 자극 요법에 대한 교육) 교과 선생님이 내게 답안지를 다 썼으면 정우 아저씨에게 문제지를 읽어드리라고 했다. 손이 굳은 만학도들은 점자 익히기가 매우 힘들다. 쓰는 것은 빠르지만 읽는 것은 개미가 기어가는 속도보다 느리다. 내가 읽어주지 않으면 종일 매달려도 문제지를 다 못 읽을 것이었다. 나는 확대 문자를 봐야 하지만 읽는 속도는 빨랐다. 정우 아저씨는 시험 기간만 되면 혈압이 상승한다고 했다. 학교는 평균 점수 이하인 학생들을 유급시키기 때문이었다. 직업 학교의 특성이었다. 나는 작성한 답안지를 선생님께 제출하고 정우 아저씨 옆자리로 내 의자를 끌어다 앉았다. 아저씨는 결연한 표정으로 답을 적을 준비를 하고 있었다.

"자, 시작합니다."

내 사인에 동급생 모두가 숨을 죽였다. 1번부터

15번까지는 객관식이었다. 문제를 읽으며 정답인 선지일 때는 목소리 톤을 높여 보란 듯이 커닝을 시켜주었다. 고요한 교실에 점자 찍는 소리만이 뚜덕뚜덕 하얀 구멍을 만들었다. 컹컹 헛기침으로 주의를 주던 선생님이 내게 핀잔을 놓았다.

"적당히 해라."

"네……."

나는 반성하는 척 연기를 했다. 그러나 다음 문제부터 정답을 더 크게 읽었다. 그렇게 객관식 열다섯 문항이 끝났다. 나는 의자에서 일어나며 정우 아저씨에게 말했다.

"아저씨, 주관식은 안 풀어도 유급 걱정 없이 점수 나오니까 여기까지만 불러드릴게요."

"어이구, 고마워! 우리 부장님이 최고여."

공공연한 커닝이 끝나자 슬쩍 숟가락을 얹던 다른 동급생들이 야유와 불만을 토했다. 교실이 소란해지자 보다 못한 선생님이 일갈을 내질렀다.

"이놈들, 내가 봐주니 끝도 없구나. 양심 없는 놈

들 같으니라고.”

　나는 열받아 씨근대는 선생님과 입을 삐죽대는 나이 든 동급생들을 훑어보며 피식 웃었다. 정우 아저씨가 작성한 답안지를 내게 쓱 내밀었다. 나는 아저씨가 찍은 흰 점들을 눈앞에 들이대고 검토했다. 손으로 읽는 것은 아직 느리지만 눈으로는 제법 빨리 읽을 수 있었다. 그렇게 답안지를 봐주고 다시 아저씨에게 내밀었다.

　“오케이.”

　내가 작게 속삭이자 아저씨는 홀가분한 표정을 지었다.

　답안지를 내고 온 정우 아저씨가 우리에게 중간고사도 끝났겠다 부장님 고생했으니 바깥으로 밥이나 먹으러 가자고 했다. 선생님이 교실에서 나가자 본격적으로 만학도들이 십시일반 쌈짓돈을 모았다. 정우 아저씨는 동급생들을 선동하며 내 뒤에 서서 목과 어깨를 주물러 주었다.

　“양심껏들 좀 꺼내놔 봐. 모자란 건 내가 다 낼

테니. 우리 부장님 공부하랴 노인네들 유급 면케 해 주랴 고생 많았으니 영양 보충 좀 시켜주자고.”

나는 건달 두목처럼 두 눈을 지그시 감고 아저씨의 안마를 받으며 손가락 관절을 두둑 꺾어 뼈 부러지는 소리를 냈다.

처음 이곳에 입학했을 때, 또래 아이들은 순진했고 만학도들은 주눅이 들어 있었다. 연령이 다양한 학교의 특성상 교칙과 선후배 간의 규율은 엄격했다. 나는 별로 이곳에 다니고 싶단 생각이 없었기 때문에 안하무인이었다. 눈에 거슬리는 아이들을 불러내 몇 대 쥐어박는 것으로 우두머리가 되었고, 순한 언니들이 기숙사 생활부장 자리를 내게 넘겨 새내기 주제에 완장을 차게 되었다. 누군가 내게 ‘부장님’이란 별명을 지어주었고 어느새 학과 선생님들은 물론 기숙사 보모 선생님들까지 나를 그렇게 불렀다. 비록 병신 학교에서의 대장 노릇이었지만 나는 좀 으쓱했다.

밥 먹으러 나가기 전 기숙사 방에 들러 책가방을 내려놓았다. 여자 기숙사는 방 다섯 개짜리 아파트 구조였다. 작은 거실과 공동 화장실, 세면장과 세탁실이 구분되어 있었다. 밖으로 나가려면 현관 앞의 세면장을 지나가야 했다. 점심 식사를 일찍 마친 초등부 아이들이 세면장 앞에 줄을 서 있었다. 세면장 문 너머에서는 샤워하는 물소리가 들렸다. 내 인기척을 들은 아이들이 쪼르르 다가와 작은 목소리로 불만을 속삭였다.

"언니, 아니 부장님. 또 부희 언니가 샤워를 해요. 오늘 피아노 학원 가는 날이라 빨리 양치질해야 하는데. 아까부터 계속 나오겠다 하면서 안 나와요."

나는 세면장 문을 노크하며 부희 언니를 불렀다.

"언니, 빨리 나와. 점심 먹으러 가야지. 늦으면 보모님들한테 혼날걸."

부희 언니는 유독 혼난다는 말에 겁을 먹었다. 물소리가 뚝 끊기더니 언니가 호들갑을 떨며 알몸으로 뛰어나왔다.

"혼나면 안 돼. 나 자격증 못 받아."

거실 바닥이 금세 물바다가 되었다.

"언니, 수건 어쨌어? 샤워하면 물기를 닦고 나오라 했지."

내가 방으로 뛰어 들어가는 부희 언니에게 소리를 질렀다. 전맹 꼬맹이들이 젖은 바닥을 밟으며 짜증을 냈다.

"으앙. 양말 다 젖었어. 난 부희 언니가 정말 싫어!"

나는 급하게 마른걸레를 찾아다 바닥을 닦았다. 얼마나 오래 뜨거운 물로 샤워를 했는지 열린 세면장에서 빠져나온 열기로 거실이 후끈해졌다. 축축한 공기 속 보디워시의 딸기 향이 부희 언니가 지나간 자리를 가득 채웠다.

옷을 대충 꿰어 입은 부희 언니가 방에서 튀어나왔다. 젖은 머리를 제대로 털지 않아 커트 머리 끝에서 물이 뚝뚝 떨어졌다. 언니의 표정은 기쁘거나 슬프거나 항상 똑같았다. 외꺼풀에 졸음이 붙어 있는 눈. 입은 웃는 것처럼 입꼬리가 올라가 고른 치열을 보인다. 얼핏 보면 무척이나 선량한 표정이다. 하지만 자세히 들여다보면 볼수록 어색하다 못해 괴기스러웠다.

"부장님. 나 밥 먹고 올게요."

이대로 부희 언니를 보낼 수는 없었다. 언니가 샤워하고 나오면 반드시 확인해야 하는 것이 있었다.

"언니, 속옷은 입었어?"

팔을 붙잡고 다그치자 언니는 다시 방으로 뛰어 들어갔다.

"아, 참! 브라자 차야지."

나는 잔소리를 해댔다.

"머리도 수건으로 좀 털고. 티셔츠 뒤집어 입지 않게 잘 확인해."

수백 번 반복한 말이다. 소용없는 줄 알지만 하지 않을 수가 없었다.

"그리고 샤워는 아침저녁만 하는 거랬지. 약속 안 지키면 딸기 향 보디워시 압수할 거야!"

"알았어. 미안해, 부장님. 근데 부장님, 브라자는 왜 해야 해?"

하루에도 열두 번씩 하는 질문이었다.

"어른은 속옷을 잘 입어야 해. 그게 내 몸을 소중히 여기는 거야. 알았지? 동생들한테 사과하고 밥 먹으러 가."

"네, 부장님."

언니는 다시 방에서 뛰어나와 그대로 현관으로 내뺐다. 나는 한숨을 길게 몰아쉬고 젖은 바닥을 닦았다. 부희 언니는 나보다 아홉 살 많다. 일곱 살 때 뇌종양으로 수술을 받았는데 시신경과 전전두엽을 잘못 건드려 지능이 일곱 살에 멈춰 있다. 불행 중 다행으로 한쪽 시력은 생활에 불편이 없을 정도로 남아 있다. 초등학교까지는 발달장애인 학교를 다녔다는데 이후 엄마의 재혼으로 어느 시설에 10여 년간 수용되었었단다. 무슨 사정인지 그 시설이 인가가 취소되면서 언니는 이리저리 떠돌다 청강생 제도가 생긴 맹학교에 입학할 수 있었다.

맹학교는 학생이 자꾸 줄어드는 추세다. 저시력 학생들은 비장애인 학교에서 통합교육을 받는 것을 선택하고 있다. 학생 수가 줄자 시각장애인 특수학교가 존폐의 기로에 섰다. 그때부터 중복장애 학생들을 마구잡이로 받기 시작했다.

부희 언니는 올해 중등부 1학년으로 입학했다. 원래 중복장애 학생들은 시각장애만 있는 학생들과 분리되어 다른 기숙사를 사용했다. 그러다 학교가 대책 없이 중복장애 학생을 받아들이자 기숙사가 포화되었고, 부희 언니는 그나마 증세가 심하지 않다는 이유로 중복장애인 기숙사에서 밀려났다. 자기 관리가 전혀 되지 않는 상태라는 것을 학교도 알고 있었다. 그렇기에 내 방에 배정된 것이다. 나는 부희 언니를 떠맡는 대신 가장 큰 방을 쓰고 선행 장학금을 받기로 했다.

휴대폰으로 시간을 확인했다. 동기들은 먼저 학교 밖 식당에 가서 기다리고 있을 것이었다. 서둘러 기숙사 계단을 뛰어 내려갔다. 부희 언니 뒤치다꺼리로 시간을 꽤 많이 지체했다. 기숙사 1층에는 행정실과 급식소가 있었다.

"교감 선생님, 브라자는 왜 해야 하는 거예요?"

부희 언니의 풀리지 않은 의문이 급식소 밖까지 흘러나와 답을 찾아 헤매고 있었다. 나는 부희 언니에게 붙잡혀 있을 대머리 교감 선생님의 얼빠진 얼굴이 상상돼 풋, 하고 웃었다.

두 팔을 힘껏 저으며 동기들이 기다리는 식당으로 달렸다.

거하게 얻어먹고 들어와 밀린 빨래를 하고, 다운받아놓은 애니메이션을 봐야지.

머릿속에 오후 시간표가 그려졌다. 운동장을 지나 교문 밖을 나서는데 영애 언니가 서 있었다. 영애 언니도 어릴 적 교통사고로 뇌를 다쳐 지능이 일곱 살에 멈춰 있었다. 공공연한 비밀이지만 언니는 시각에 문제가 없었다. 언니의 부모님은 모두 교사였다. 그들은 자기 자녀가 발달장애인 학교에서 교육받는 것을 원치 않았다. 어차피 특수학교에 보낼 거라면 맹학교가 더 낫다고 판단했다.

영애 언니의 아버지는 내 얼굴을 볼 적마다 언니

를 잘 부탁한다고 당부했는데 나는 좀 부담스러웠다. 그의 권위적인 말투도 거슬렸다. 몇 번의 반 회식이 있었는데 언니는 매번 빠졌다. 부모님이 바깥 음식을 먹어서는 안 된다고 강력하게 교육했기 때문이었다. 그런 영애 언니가 급식소에 가지 않고 나를 기다리고 있었다.

"언니, 왜 급식소 안 갔어?"

"나도 갈래."

"아버지한테 혼나면 어쩌려고?"

내 물음에 언니는 고개를 숙이고 한동안 꿈적거리더니 손을 내밀었다. 데려가 달라는 표현이었다. 나는 언니 손을 잡고 식당을 향해 걸었다.

"언니네 아빠한테 비밀로 할 거야?"

"응."

영애 언니는 망설임 없이 대답했다. 식당에 들어서니 음식은 이미 준비돼 있었다. 영애 언니를 내 옆에 앉히자 동기들이 어째 영애가 다 따라왔냐, 하며 의아해하면서도 반겼다. 나는 백숙의 살을 조금 발라 영애 언니 앞접시에 놓아주었다. 언니는 젓가락만 들었다 놓았다 할 뿐 음식을 입으로 가져가지 않았다. 나는 억지로 권하지 않았다. 지적장애가 있는 이들에게 부모들은 타인이 주는 음식을 먹어선 안 된다고 엄격하게 교육시킨단 얘기를 어디선가 들었다. 나는 캔 콜라를 언니 앞에 놓아주었다.

"이거라도 마실래?"

언니가 고개를 작게 끄덕였다. 캔을 따 주자 언니는 몇 모금 마셨다. 백숙 한 마리가 몽땅 내 차지가 되었다. 살을 발라 먹고 닭죽 한 대접까지 해치웠다. 숨을 쉬는 것조차 버거울 만큼 배가 불렀다. 괜히 따라와 쫄쫄 굶은 영애 언니를 데리고 어기적어기적 걸어 학교로 향했다. 반주를 곁들인 나이 든 동기들은 2차로 노래방을 갈 거라 했다. 원하면 데려가겠다 했지만 나는 영애 언니를 책임져야 했다.

학교 방향으로 걸으며 영애 언니에게 물었다.

"언니, 배고프지?"

언니는 한동안 아무 말도 하지 않다가 들릴 듯

말 듯 한 목소리로 말했다.

"아니."

"기숙사에 컵라면 있는데 그거 줄까? 학교에서 준 거니까 먹어도 돼."

내 말에 언니는 고개를 열 번은 끄덕였다. 그런 언니가 귀여웠다.

교문을 통과해 운동장을 건너 기숙사 방향으로 걷는데 얼마 전 설치한 트램펄린 앞에 초등학생으로 보이는 아이들이 몰려 있었다. 가만히 살펴보니 맹학교 아이들만 있는 게 아니었다.

"이 눈깔 병신들. 다 꺼져! 야, 저 병신들 몰아내."

카랑한 목소리가 선동을 시작하자 맹학교 아이들도 지지 않았다.

"이 쓰레기 새끼들아! 니네도 눈깔 다 터져서 병신이나 돼라."

독살스런 비난에 깜짝 놀란 나는 악에 받쳐 소리를 지르는 아이의 이름을 불렀다.

"호진아."

내 목소리를 알아차린 아이가 울분 섞인 억울함
을 토하듯 지금 상황을 일렀다.

"부장님, 이 자식들이 우리 건데 트램펄린 못 타
게 해요. 맹학교 애들이 주인인데, 우리 엄마 아빠가
돈 모아 사준 건데 지네가 주인 행세 하고 장님들은
꺼지라고 했어요."

호진이를 비롯해 몇몇 맹학교 아이들이 원두막
처럼 생긴 트램펄린의 문을 붙잡고 버티고 있었다.
나는 영애 언니를 기숙사 방향으로 밀며 먼저 방에
가 있으라 하고 대치하고 있는 아이들 사이로 끼어들
었다. 가까이서 보니 이미 한판 붙었는지 옷이 흙투
성이거나 팔꿈치가 까져서 피가 배어 나온 아이도 있
었다.

"너희 다쳤어?"

"저놈들이 우리가 트램펄린에 들어가면 밖에서
모래를 집어 던졌어요."

저시력인 상철이가 울먹대며 자기에게 모래를
던진 녀석들을 차례차례 노려봤다. 나는 팔짱을 끼고

어린 침략자들을 쏘아봤다. 맹학교 애들 꼴은 하나같이 엉망인데 둘러싸고 있는 꼬맹이들은 모두 멀쩡했다. 그 꼴을 본 나는 눈이 돌아 트램펄린을 둘러싼 꼬맹이들에게 벼락같이 호통쳤다.

"이 개만도 못한 놈들. 어디 약한 사람을 괴롭혀! 이 마귀 같은 자식들아. 경찰에 신고해서 너희 부모까지 몽땅 잡아가게 할 거야!"

나는 아까 선동꾼이었던 애를 찾아 삿대질하며 어느 초등학교 다니냐고, 내일 너희 초등학교로 쫓아가 전교생에게 알릴 거라고, 어서 경찰을 부르라고 소리를 질렀다.

소란을 듣고 행정실 선생님이 나왔다. 나는 폭행 사건이니 이곳에 있는 애들 모두 감옥에 보낼 거라고 함쳤다. 어느새 다가온 호진이가 내 허리에 매달렸다. 행정실 선생님도 아이들이 많이 다쳤냐고 물으며 화난 얼굴로 내 옆에 섰다. 그가 부리부리한 눈을 치켜뜨고 아이들을 해산시켰다.

"이 녀석들, 당장 돌아가지 못해? 정말 혼이 제

대로 날 테냐."

덩치 큰 남자 어른이 호통을 치자 꼬맹이들은 겁이 많은 순서대로 자기 자전거를 찾아 타고 달아났다. 마지막까지 남아 있던 선동꾼 아이가 욕을 하며 자전거에 올라탔다. 나는 모래를 한 줌 집어 그 애한테 던졌다.

"꺼져! 이 자식아!"

"으악, 따가워! 나도 다 이를 거야."

나는 다시 모래를 한 줌 더 집어 던졌다. 모래 세례를 받은 녀석이 몸을 비틀며 달아났다.

"너 한 번만 내 눈에 띄거나 우리 애들 괴롭히면 죽어버릴 거야."

내가 도망치는 작은 등에다 악다구니를 썼다. 씨근대던 숨을 고르는데 호진이를 포함한 맹학교 애들이 내 다리며 허리에 매달려 서럽게 울었다.

"이겼는데 왜 울어?"

나는 아이들을 내려다보며 물었다. 아이들의 작은 머리를 쓰다듬고 등을 쓸어주었다. 그 질문은 나를 향한 것과도 같았다. 내 눈에서도 눈물이 쏟아졌다.

"부장님, 또 저놈들이 괴롭히러 몰려오면 그땐 또 어쩌나 걱정돼요."

아이들이 내 품으로 깊이 파고들며 불안해했다. 나도 그게 걱정이었다. 안쓰러운 표정으로 우리 옆에 서 있던 행정실 선생님이 다친 아이를 번쩍 들어 양호실로 데려갔다. 우리는 눈물바다가 된 사태를 진정시키고 빗자루를 가져다가 트램펄린 안을 청소했다. 그러고 나서 나는 빗자루를 들고 트램펄린 앞을 지켰다.

아이들은 아무 일도 없었던 것처럼 신나게 그물망 위에서 뛰었다. 멀리 자전거를 탄 애들이 눈치를 살피듯 주변을 맴돌았다. 나는 잡아먹을 듯한 눈빛으로 그 녀석들을 노려봤다. 그때 노래방을 쫓아갔던 진우가 학교로 들어섰다. 나는 진우를 불러 수문장 노릇을 맡겼다. 곰곰이 생각해 보니 트램펄린을 개방해 놓은 게 이 사달을 만든 것 같았다. 누가 주인인지 똑똑히 알려줘야 엉뚱한 녀석들이 주인 행세를 못 할 거란 생각이 들었다.

행정실에 찾아가 자전거 자물쇠를 좀 사다 달라고 했다. 사무실 선생님들은 내 활극을 들었는지 짓궂게 놀려댔다.

"아무튼 우리 부장님은 용사라니까. 근데 자전거 자물쇠는 어디다 쓰려고?"

"트램펄린을 개방해 놓으니까 못된 녀석들이 자꾸 꼬이는 것 같아서요. 맹학교 애들한테 트램펄린 열쇠를 맡겨서 관리하게 하려고요."

내 의견이 그럴듯했는지 행정실장 선생님이 자기의 출퇴근용 자전거에서 자물쇠를 빼다 주었다.

나는 자물쇠를 받아 들고 다시 운동장으로 나갔다. 흘깃 교문 앞을 내다보는데 아까 모래 세례를 받은 녀석이 자전거를 타고 교문 앞을 지나치다 나와 눈이 마주치자 꽁무니가 빠져라 도망쳤다. 호시탐탐 트램펄린을 노리는 꼴이 흡사 먹이를 노리는 들개 같았다.

트램펄린 앞에는 형제로 보이는 아이 셋이 서 있었다. 세 아이는 그물 위를 신나게 뛰는 맹학교 아이들을 부러운 듯 들여다보고 있었다. 그 애들은 트램펄린 문에 자물쇠를 채우는 내 눈치를 슬금슬금 보았다. 벌서듯 서 있던 진우에게 빗자루를 건네받고 다시 보초를 섰다. 트램펄린 속 아이들은 이제 지쳤는지 그물 위에 널브러지거나 뒹굴며 장난을 쳤다.

"우리는 놀리지도 않고 쟤네 때리지도 않았는데 들여보내 주면 안 돼요?"

형제 중 가장 덩치가 큰 아이가 내게 물었다.

"너 몇 학년이야?"

"4학년이요."

"이름이 뭔데?"

"김동욱이요."

나는 맹학교 애들에게 선택권을 주었다.

"너희, 김동욱 받아줄 거야? 말 거야?"

"동욱이는 그래도 착해요."

땀에 절어 쉰내를 풀풀 풍기던 아이 하나가 고개

를 번쩍 들고 역성을 들었다. 나는 고민하는 척하다가 신용 없는 약속을 받았다.

"너희들 맹학교 애들이 보는 애들이랑 싸우면 편들어 줄 거야?"

세 꼬맹이는 지체 없이 고개를 끄덕였다. 나는 믿지 않았지만 그 애들이 트램펄린 안으로 들어갈 수 있도록 비켜섰다. 인원이 보충되자 땀을 식힌 악동들은 다시 시동이 걸렸다. 아이들은 한데 어우러져 이리 뛰고 저리 구르며 섞였다.

나는 형제의 사정을 꼬맹이들에게 들어 이미 알고 있었다. 그 애들은 맹학교 뒷골목 무당집 아이들이었다. 남루한 옷차림과 행색으로 형편도 뻔해 보였다. 부모가 아이들을 방치하는지 학교만 끝나면 맹학교 운동장에서 해 질 때까지 시간을 보내다 돌아갔다. 급식소 창 밑에서 저녁 식사를 하는 맹학교 학생들을 올려다보는 모습을 종종 발견하기도 했다. 한 끼 먹여 보내는 것은 어렵지 않지만 습관이 될까 싶다는 영양사님과 식당 보모님들의 이야기를 엿들은 적도 있다. 까르르 아이들의 신이 난 환호성을 들으며 잠깐 멈춰 섰다. 상처가 있는 사람이라서, 오히려 먼저 손을 내밀 수 있는 거 아닐까. 그런 생각이 들었다. 20분 정도 더 보초를 서다가 호진이를 불러 열쇠를 건네주었다.

"앞으로 너희 것은 너희가 지켜야 해. 절대 보는 애들에게 열쇠를 맡기지 마."

내가 단단히 일렀다. '보는 아이들'에는 무당집 세 형제도 포함이었다. 호진이는 열쇠를 작은 제 주먹에 꼭 쥐었다. 이제부터 내가 쥐여준 권력을 어찌 사용할지는 호진이의 몫이었다.

"벌써 4시야! 너희 들어가 씻고 밥 먹을 준비해."

내가 잔소리를 하자 호진이가 나서서 아이들을 트램펄린에서 내보내고 문단속을 했다. 권력을 쥔 호진이의 목소리에 힘이 들어갔다. 나는 호진이의 당당한 어깨를 잠시 내려다보았다. 아이에게서 시작된 오후의 긴 그림자가 어른이 된 호진이의 미래 모습 같았다. 그림자는 트램펄린의 문을 단단히 걸어 잠그고

무리를 통솔했다. 열한 개의 그림자가 운동장을 가로질러 갔다. 세 형제의 그림자는 나란히 걸었다. 맹학교 아이들은 저시력 상철이를 선두로 서로의 어깨에 손을 올리고 걸었다. 그림자만 내려다보면 불구 몸뚱이도, 구질구질한 가난도 표가 나지 않았다. 다 똑같은 그림자였다.

"부장님 오셨어요."

기숙사 방에는 영애 언니와 부희 언니가 각자의 시간을 보내고 있었다. 자기 서랍장 앞에 앉아 괴이한 미소를 짓고 있던 부희 언니가 나를 반겼다. 반면 영애 언니는 무릎 위 파란 털실로 뜨개질하는 데 정신을 쏟고 있었다. 언니가 짠 손바닥만 한 헝겊 조각은 몇 달이 지났어도 그 크기가 늘어나지 않았다.

"아 참, 영애 언니 배 많이 고프지? 컵라면 물 부어다 줄게."

영애 언니는 항상 들고 다니는 조그만 가방에 뜨개질 도구를 집어넣고 나를 따라다녔다. 어제 간식으로 받은 컵라면을 뜯어 복도에 있는 공용 정수기에서 뜨거운 물을 받았다. 거실에 작은 상을 펴고 영애 언니를 앉혔다. 나무젓가락을 찾아다 준 나는 익으면 알아서 먹으라 말하고 방으로 들어왔다. 부희 언니는 무릎을 꿇고 앉아 오뚝이처럼 앞뒤로 몸을 흔들다가 내가 방문을 열고 들어서자 녹음기처럼 반복해서 말했다.

"부장님 들어오셨어요."

부희 언니는 대부분의 시간을 저 자세로 오뚝이 놀이를 하며 보냈다. 나는 신경 쓰지 않고 책상에 앉아 휴대폰으로 게임을 시작했다. 고향집이었다면 있을 수 없는 자유였다. 엄마는 내가 휴대폰으로 잠깐 게임이라도 할라치면 시원찮은 눈을 그리 혹사해 빨리 장님이 되고 싶냐고 핀잔을 주었다. 마음에 드는 반찬이 없어 라면을 끓이면 몸에 좋지도 않은 라면이나 먹으니 눈이 빨리 나빠지는 게 아니냐며 억지 트집을 잡았다. 나는 내게로 향하는 엄마의 히스테리를 점점 참기 힘들었다. 엄마는 꼭 집을 나가면서까지 특수학교를 가야 하느냐고 했지만, 내가 맹학교 진학을 결정한 것은 어쩌면 그런 엄마에게서 도피하기 위해서였는지도 모른다. 처음 장애를 판정받았을 때는 특수학교로 진학해야 한다는 현실에 절망했다. 그런데 지금은 다행이라는 생각이 들었다.

기숙사 생활을 막 시작했을 때는 매일 아침저녁으로 집에 전화를 걸었다. 그런데 지금은 일주일에 한두 번 연락한다. 잠자리만 해도 고향집 내 방에서 잘 때보다 현재의 기숙사 방이 더 내 자리 같고 마음도 더 편안했다.

똑똑, 노크 두 번을 하고 영애 언니가 방 안에 한 발을 걸친 채 말했다.

"나 라면 다 먹었어."

"그럼 언니가 치워야지."

언니는 내 말을 들은 건지 만 건지 방에 들어와 앉더니 자기 가방에서 뜨개질 재료를 꺼내 풀린 실을 감았다.

"으휴, 내 팔자야!"

나도 모르게 엄마의 말투가 튀어나왔다. 영애 언니는 집에서 공주 대접을 받아온 게 뻔했다. 뭐든 자기 손으로 하는 법이 없었고 도움받는 걸 당연히 여겼다. 나는 휴대폰을 책상에 올려두고 거실로 나가 상을 치웠다. 전맹 아이들이 돌아다니다 정강이를 찧을까 싶어 상부터 접고, 남은 컵라면 국물을 변기에 부은 후 레버를 내렸다. 세면장에서 컵라면 용기를 헹궈 복도 쓰레기통에 분리배출을 하고 들어가니 영애 언니가 제 뜨개 가방을 주섬주섬 다시 챙기고 있었다.

"아빠 오셨어?"

"응, 전화 왔어. 내려오래."

"그래, 다녀와."

영애 언니가 가방을 메고 작은 목소리로 인사를 하고 나갔다. 나는 방 한구석을 차지한 빨래 건조대에서 마른빨래를 걷었다. 그러다 발에 무언가가 채어 내려다보니 영애 언니의 휴대폰이 있었다. 전화를 받고 급하게 준비하다 두고 간 모양이었다. 곧장 휴대폰을 들고 쫓아 나갔지만 언니는 이미 내려갔는지 현관 앞에도 없었다. 서둘러 신발을 신고 계단을 내려갔다. 다행히 주차장으로 걷고 있는 영애 언니와 언니의 아버지를 따라잡았다. 내가 소리쳐 부르자 부녀가 나를 돌아봤다.

"언니, 휴대폰 두고 갔어."

나는 아저씨께 고개를 꾸벅 숙여 인사하고 휴대폰을 언니에게 건넸다.

"고마워!"

"아니야."

나는 싱긋 웃고 으쓱 어깨를 들었다 놓았다. 기숙사로 돌아가려 몸을 돌리는데 영애 언니의 아버지가 나를 불러 세웠다.

"얘야! 우리 영애 잘 챙겨줘서 고마운데, 앞으로는 라면 같은 건 영애한테 주지 말거라. 집에서도 인스턴트는 먹이지 않는단다. 그런 것에 입을 버리면 안 돼. 너도 웬만하면 학교에서 주는 급식만 먹도록 해라. 앞으로도 우리 영애 잘 챙기고."

나는 심사가 꼬여 억지로 쥐어짜듯 대답하고는 인사도 하지 않고 기숙사로 달려갔다. 곱씹을수록 아저씨의 말이 불쾌했다. 괜히 아까운 컵라면을 주고도 욕을 먹은 것 같아서 기분이 나빴다. 더욱이 내가 보모도 선생도 친자매도 아닌데 영애 언니를 잘 돌보라는 말이 무슨 명령 같아서 빈정이 상했다.

"반푼이 제 자식 제가 챙기면 되지 누구한테 이래라 저래라야. 웃기시네."

허공에 속마음을 내뱉고 나자 뒤틀렸던 기분이 좀 풀렸다. 기숙사 계단을 올라가려는데 사무실에서 나온 보모 선생님이 나를 불러 세웠다.

"부장님, 이리 와봐. 부희 어머니가 오셨는데 인사드리고, 간식 가지고 오셨으니 기숙사로 들고 가서 나눠들 먹어."

귀찮았지만 순순히 사무실로 따라 들어갔다. 부희 언니의 어머니는 보모님과 무슨 얘기를 하고 있었는지 손수건으로 눈가를 콕콕 찍어내고 있었다. 부희 언니의 어머니는 한마디로 요란한 사람이었다. 키는

작지만 몸이 어마어마하게 컸다. 검은 카디건을 입고
있었는데 옷에 붙은 반짝이 장식이 사금파리 같았다.
손톱엔 큐빅이 잔뜩 붙어 있어서 손을 움직일 때마다
형광등에 반사된 빛으로 어지러울 정도였다. 커트 머
리는 방금 드라이를 한 것처럼 부풀어 있었다. 보모
님이 그녀에게 나를 인사시켰다. 가까이서 보니 거대
한 몸에 비해 얼굴은 유난히 작고 갸름해서 짙은 쌍
꺼풀의 눈이 더욱 크게 보였다. 정말이지 부희 언니
와는 닮은 곳이 하나도 없었다.

"지난번 그 일 때문에 오셨어."

보모님이 내 귀에다 속삭이듯 말했다. 그 일이란
일주일 전 부희 언니의 기행이었다.

부희 언니는 함께 지내는 이들에게 민폐 덩어리
였다. 독립생활이 되지 않으니 당연한 일이었다. 수
시로 샤워하고 그대로 뛰어나와 거실이며 방바닥을
물바다로 만드는 건 애교 수준이었다. 자기 옷을 빨
줄도 몰랐다. 나는 내 빨래를 돌릴 때 언니의 옷도 함
께 세탁해 주었다.

무엇보다 다른 학생들을 질리게 만드는 건 월경 뒤처리였다. 피 묻은 생리대를 아무렇게나 던져놓아 전맹 아이들이 밟거나 만지는 일이 왕왕 벌어졌다. 아무리 야단을 치고 교육을 해도 고쳐지질 않았다. 월경 처리는 부희 언니에게 능력 밖의 일이라 모두 포기했다. 그러다 기함할 일이 벌어졌다. 언니가 피 묻은 생리대를 바지 주머니에 넣고 다니다가, 내가 세탁기를 돌린다고 하자 그 옷을 그대로 벗어준 것이다. 나는 부주의하게 빨랫감을 받아 세탁기를 돌렸고 동작이 끝난 세탁기 속은 참혹했다. 내가 마구 화를 내자 언니는 예의 그 선량한 얼굴로 미안하다는 말만 앵무새처럼 반복했을 뿐이었다.

이후 나는 부희 언니의 옷과 내 옷을 절대 함께 빨지 않았다. 대신 언니에게 세탁기 돌리는 방법을 반복해서 가르쳤다. 언니는 드디어 혼자 세탁기를 돌릴 수 있게 되었다. 그런데 이것도 문제가 되었다. 언니는 시간만 나면 세탁기를 돌려댔다. 티셔츠 하나일 때도 있었고 그날 입은 속옷 한 벌, 수건 하나일 때도 있었다. 여자 기숙사에 세탁기는 한 대뿐이었다. 그렇기에 서로 순서를 정해 세탁기를 돌렸는데 언니는 규칙을 이해할 수 없는 사람이었다. 하루에도 수십 번 샤워를 하니 수건이며 속옷이 매번 빨랫감으로 나왔다. 눈치도 양보도 모르는 언니가 틈만 나면 세탁기를 차지해 불만이 터져 나왔다. 아이들은 부희 언니 앞에서도 대놓고 흉을 보았고 싫다, 밉다, 노골적으로 떠들어댔다. 그럴 때 언니는 모르는 건지, 알아듣고도 모르는 체하는 건지 알 수 없는 그 괴기스러운 미소를 지은 채 앞뒤로 몸을 흔들고 있을 뿐이었다.

'그 일'은 일주일 전에 일어났다. 수업을 마치고 기숙사로 돌아와 책가방을 정리하는데 밖에서 중학생 미정이가 자기 빨래를 봤냐며 이 사람 저 사람에게 묻고 다니는 소리가 들렸다. 미정이는 방문을 열고 내게도 자기 빨래를 보았냐고 물었다.

"빨래? 네 빨래를 왜 여기서 찾아?"

"두 시간 전에 세탁기에 넣고 돌렸는데 사라졌

어요."

나는 세탁실로 향했다. 세탁기는 웅웅 소리를 내며 돌아가고 있었다.

"아직 안 끝난 거 아니야? 지금 세탁기 안에 있는 건 누구 건데?"

"부희 언니 거래요."

"네 옷이랑 섞여 있는 거 아니야?"

"아니에요. 내가 정지시키고 손을 넣어 찾아봤는데 내 옷은 없었어요."

나는 부희 언니를 찾았다. 언니는 기숙사에 없었다. 난 그게 좀 의아했다. 이 시간이면 부희 언니는 항상 오뚝이가 되어 있었기 때문이다. 나는 사라진 세탁물을 찾아 이 방 저 방 돌아다니며 건조대를 확인했다. 그럴 일은 없지만 혹시 전맹 아이들이 자기 것으로 착각했을지 모른다는 생각에 일일이 확인하고 다녔다. 그때 보모님이 부희 언니를 데리고 기숙사로 들어왔다. 보모님의 손에는 흙투성이가 된 젖은 빨래가 들려 있었다. 보모님이 부희 언니를 다그쳤다.

"부희야, 너 왜 이런 짓을 했어? 바른대로 말하지 못 해?"

부희 언니는 엉뚱한 허공을 바라보며 몰라요, 소리만 반복했다. 흙투성이 옷은 사라졌던 세탁물이 맞았다. 보모님의 말을 들으니 부희 언니가 학교 운동장이며 교문 밖 길가를 돌아다니며 세탁물을 하나씩 숨기더란다. 보모님은 사무실 창으로 부희 언니의 기행을 발견해 세탁물을 빼앗고 일부 찾아온 것이었다.

부희 언니는 야단을 치거나 말거나 방으로 들어가 자기 옷장 앞에 앉아 다시 오뚝이가 됐다. 나는 오싹한 기분이 들었다. 미정이는 특히 부희 언니를 못마땅해서 대놓고 미워하던 애였다. 속옷조차 제대로 못 챙겨 입는 언니가 앙심을 품고 있다가 이렇게 앙갚음을 할 수 있다는 게 놀랍기도 하고 공포스럽기도 했다.

사건을 전해 들은 미정이의 부모가 학교에 항의했다. 학교는 부희 언니의 보호자에게 상황을 전달하며 옷값의 일부를 물어주는 방향으로 조율했다. 부희 언니 어머니의 방문은 그 때문이었다.

"네가 그 애니? 아줌마가 옷값은 줄게. 부희 걔 는 왜 자꾸 신경쓰이게 한다니."

큐빅으로 번쩍거리는 두꺼운 손이 내 손을 잡아 당겼다. 나도 모르게 손을 빼며 말했다.

"아뇨. 저는 부희 언니랑 방을 같이 쓰는 룸메이 트예요."

"우리 부장님이 부희 보호자예요. 얼마나 부희 를 잘 챙기는데요."

보모님이 나를 칭찬하며 간식 봉지를 내게 들려 주었다.

"일찍 배분해 주지 말고 저녁 식사 하고 나눠주 렴. 먼저 올라가거라. 나는 부희 어머니와 이야기할 게 남아서."

나는 얼른 사무실에서 빠져나왔다. 잠깐이었지 만 향수 냄새 때문에 머리가 지끈거렸다. 울렁거리는 속을 진정시키려 길게 심호흡하며 계단을 올라갔다.
거실 공동 탁자에 간식을 놓고 방으로 들어서자 어김
없이 부희 언니가 나를 향해 인사했다.

"부장님 오셨어요."

"사무실에 언니네 엄마 오셨던데."

순간 부희 언니의 어깨가 움츠러들었다. 늘 졸
린 듯 보였던 눈은 휘둥그레 커지고 입가는 더 올라
갔다. 마치 공포에 질린 사람이 비명을 지르기 직전
에 짓는 표정 같았다. 멈춰 선 오뚝이는 눈만 정신없
이 굴렸다. 이토록 불안해하는 언니의 모습은 처음이
었다.

"부장님, 브라자는 꼭 해야 하지?"

언니가 오른손을 입가에 대고 속삭이듯 물었다.

"응. 언니는 어른이니까."

언니는 비밀 이야기가 더 있는지 입을 반쯤 가린
손을 그대로 유지했다.

"브라자 안 해서 새아빠가 나한테 그 짓을 한
거지?"

나는 순간 말문이 막혔다.

"브라자 해야 하는데, 안 했으니까. 그래서 아프고 혼나고 그러는 거지?"

언니는 자기 말에 본인이 깜짝 놀라 어깨를 화들짝 뒤로 뺐다. 그러고는 아무도 없는 방 안을 두리번거렸다.

"말하면 안 돼. 나 엄마한테 혼나. 맹학교에서 쫓겨나면 나 또 한마음복지원에 가야 해. 거긴 싫어. 맨날 썩은 음식만 줘서 배 아파."

언니는 몸서리까지 치며 몸을 웅크리고 자기 서랍에 바싹 붙어 앉았다. 들어갈 수만 있다면 언니는 서랍으로 파고들 것 같았다. 나는 당황스러웠다. 그제야 부희 언니가 왜 똑같은 질문을 하루에 열두 번도 더 반복했는지, 혼난다는 말에 유독 예민하게 반응했는지를 알았다. 분노인지 슬픔인지 모를 감정이 저 깊은 곳에서부터 끓어올랐다.

그때 밖에서 부희 언니를 부르는 소리가 들렸다. 언니는 그 목소리에 소스라치게 놀라며 옷장에 더 바

싹 붙으려고 했다. 방문이 열리고 부희 언니의 엄마
가 고개를 들이밀며 목소리를 높였다.

"딸! 엄마 왔어. 여기가 네가 쓰는 방이구나. 애,
엄마 안 반가워? 엄마 왔는데 인사해야지."

그녀가 몰고 온 요란함에 인상이 저절로 찌푸려
졌다. 과장된 상냥함에 구역질이 났다. 나는 슬쩍 일
어나 창문을 활짝 열었다. 선선한 가을바람과 오렌지
빛 석양이 내 얼굴로 들이쳤다.

그녀는 딸 앞에 앉더니 짤막하고 두툼한 손으로
부희 언니의 머리를 쓰다듬었다. 입가는 한껏 끌어
올렸는데 눈은 싸늘했다. 진정으로 괴기스러운 얼굴
이 무엇인지 나는 비로소 알 것 같았다.

"엄마가 사고 치지 말고 얌전히 졸업만 하라고
했잖아. 넌 왜 이리 엄마 속을 썩이니."

"잘못했어요. 한마음복지원에는 안 갈래요."

"거기 얘기는 꺼내지 말랬지."

그녀가 위협적으로 씹어뱉으며 내 눈치를 흘긋
봤다. 나와 눈이 마주치자 억지웃음을 지어 보였다.

"아이 참, 얘는. 거긴 없어졌다고 했잖아. 그런
데⋯⋯."

그녀가 나를 보며 물었다.

"얘, 넌 정상으로 보이는데 왜 여기 와 있니? 장
님 같지도 않고 모자라 보이지도 않는데."

나는 대꾸하지 않았다. 고개를 돌려 다시 노을을
뒤집어썼다.

"뭐, 너도 사정이 있겠지. 고아니?"

"아뇨."

말하지 않으려 했는데 나도 모르게 튀어나와 버
렸다.

"그래, 부모님도 네 걱정 많을 거야. 얼른 안마
자격증을 따서 돈 벌어 효도하거라."

나는 더 대꾸하고 싶지 않아서 책상 앞에 앉아
아무 책이나 펼쳐놓았다. 눈치는 있는지 그녀의 관심
이 다시 딸에게로 돌아갔다.

"부희야! 아빠도 네가 자격증 따오기만 기다리
고 있어. 그래야 우리도 마사지 가게를 하나 차리지.

내가 그날만 기다리면서 새카만 외국년들 빤스까지 빨아 입혀가며 일 배우고 있는 거 아니겠니. 제발 사고 치지 말고 졸업만 해. 안마 자격증만 따오면 엄마가 아주 너 업고 다닐 거야."

나는 속으로 그녀의 허황된 꿈을 비웃었다. 부희 언니는 정규 수업을 통과할 수 없으므로 청강생 신분으로 학교에 남아 있을 뿐이었다. 결단코 안마사 자격증을 받을 수 없을 것이었다. 그녀는 졸업만 하면 자격증이 나오는 것으로 단단히 착각하고 있었다.

복도 스피커에서 식사 시간을 알리는 종이 울렸다. 뱀 앞의 개구리 꼴을 하고 있는 부희 언니를 두고 혼자 밥을 먹으러 갈 수는 없었다. 나는 그녀에게 식사 시간임을 알려주었다.

"그래, 우리 부희 배고프겠다. 어서 밥 먹으러 가라. 근데 부희야, 엄마 또 안 불려 오게, 알지? 쓸데없는 말 나불대지도 말고."

그녀는 확답받듯 부희 언니와 눈을 마주치며 딸의 어깨를 꽉 잡았다.

"어서 대답해. 부희! 엄마 말 명심하겠다고."

나는 문 앞에 서서 그 광경을 빤히 바라봤다. 내 시선이 신경 쓰였는지 부희 언니의 엄마는 제 딸의 어깨를 가볍게 툭툭 쳐주며 다시 자상하고 친절한 목소리를 꾸며 냈다.

"우리 딸, 어서 밥 먹으러 가렴. 애, 우리 부희 잘 좀 부탁한다."

그녀는 꼼짝하지 않는 부희 언니를 억지로 일으켜 내 쪽으로 밀었다.

"좀 모자라도 심성은 착한 애야. 네가 잘 다독이며 데리고 있어줘. 아줌마가 부탁할게."

또다시 빈정이 상하고 못마땅했다.

"언니, 밥 먹으러 가자."

나는 부희 언니에게 손을 내밀었다.

"네, 부장님."

언니는 한결같은 그 표정으로 돌아와 있었다. 웃지 않는 눈, 잇몸이 보일 정도로 한껏 끌어 올린 입꼬리. 언니의 손을 잡았다. 뜨겁고 축축했다. 우리는 종종걸음으로 복도를 벗어났고 계단을 내려갔다. 나는 언니를 그녀로부터 최대한 빨리 멀어지게 하고 싶었다. 급식소로 들어가기 전 내가 말했다.

"언니, 우리 밥 먹고 아이스크림 사 먹으러 갈까?"

"부장님, 나 크림 좋아."

내게 끌려오듯 하던 언니가 신이 나서 앞장서 걸었다. 손을 잡고 걸을 때는 하나였던 우리의 그림자가 점점 각각의 그림자로 떨어졌다. 나는 바닥에 그려진 검은 형태를 내려다보았다. 짙어진 석양이 그림자를 파고들었다. 저만치 앞서 걷던 부희 언니가 뒤돌아섰다.

"부장님, 브라자는 왜 해야 해?"

영원히 끝나지 않을 의문이 괴이한 미소를 걸고 나를 기다렸다.

나의 어린 어둠

처마를 두들기는 빗소리가 잠을 깨웠다. 눅눅한 이불을 어깨까지 끌어당기며 돌아누웠다. 그리고 슬며시 눈을 떴다.

아직 해 뜨기 전인가?

눈앞이 어둑하다. 눈을 꽉 감았다가 다시 번쩍 뜬다. 내 옆에서 잠들어 있는 남동생과 그 건너 빈 이부자리가 보인다. 엄마는 벌써 밭에 나간 모양이었다. 열린 창으로 밀고 들어온 흙탕물 냄새가 내 코를 잡아당겼다. 그 바람에 잠이 완전히 깨버렸다. 빗줄기가 어찌나 거센지 창틈으로 물방울들이 튀어 들어왔다. 발끝부터 힘을 짜내 몸을 일으켰다. 창문을 닫자 요란했던 빗소리가 작게 들렸다.

비가 지긋지긋했다. 빨리 장마철이 지나가길 바랐다. 내가 다니는 초등학교까지는 십 리 길이라 걸어서 가기엔 멀었다. 평소에는 자전거를 타고 통학하지만 장대비가 오는 날은 그럴 수가 없었다. 5학년이 되자 노란 우비를 입는 것도 창피했다. 새 학기에 엄마가 새로 사준 운동화는 이미 밑창이 닳아 구멍이 났다. 물웅덩이를 잘못 밟기라도 하면 양말이 홀딱 젖었다.

학교 가는 길은 포장도로였지만 정비가 제대로 되지 않아 움푹 팬 곳이 수도 없이 많았다. 게다가 길 가장자리가 토사로 막혀 비만 오면 곳곳에 물웅덩이가 생겼다. 아무리 조심하면서 걸어도 학교에 도착하면 발이 몽땅 젖었다. 젖은 양말은 하교 때가 되면 꿉꿉하게 말랐는데 다시 젖은 운동화를 신고 집에 돌아와야 했다. 나는 생전 조를 줄 모르는 성격이다. 새 운동화는 새 학기 시작될 때나 사는 것이라고 생각했다.

자전거도 마찬가지였다. 나는 사촌 언니가 타던 어린이 자전거를 몇 년 동안 군말 없이 타고 다녔다. 그러다가 열 살 때 가을걷이를 마친 엄마가 18단 기어 변속 자전거를 사주었다. 얼마나 좋았는지 모른다. 그때부터 자전거는 내 가장 친한 친구였다. 수시로 체인에 기름을 발라주고 바퀴의 바람을 체크했다. 가까운 동네든 먼 구판장이든 자전거를 타고 달렸다. 어느새 자전거 바퀴도 내 운동화 밑창처럼 닳아 결국 펑크가 났다.

엄마는 농사일로 바빴다. 읍내의 자전거포에 갈 시간이 없으니 당분간 걸어서 통학하라고 했다. 비 맞은 고추는 금방 상하고 썩어버렸다. 장마가 지기 전에 붉게 익은 고추를 하루빨리 수확해 벌크건조기에 넣고 쪄내야 했다. 고추밭이 많은 우리 동네는 여름이면 집집마다 벌크 돌아가는 소리로 밤낮 시끄러웠다. 나도 학교에서 돌아오면 대청에 책가방을 던져놓고, 장화로 갈아 신은 후 고추밭으로 뛰어갔다.

우리 고추밭은 산비탈에 있었는데 고랑이 언덕

너머까지 이어졌다. 줄기마다 주렁주렁 달린 고추는 어제까지 주황빛이었다가도 하루만 지나면 새빨갛게 익었다. 고추 수확은 끝도 없는 고행이었다. 줄기를 치며 빨간 고추만 골라서 빈 비닐 포대를 채운다. 줄기 방향과 위치에 따라 허리를 숙였다가 쪼그리고 앉기를 무한 반복하며 고랑을 훑는다. 한 고랑에서 20킬로그램 비닐 포대가 많게는 열 포대까지 수확이 된다. 고추 크기는 가지각색이었다.

엄마가 대여섯 고랑을 훑는 동안 나는 겨우 한 고랑을 맡는 것이 전부였다. 고추를 대여섯 포대쯤 따다 보면 내 인내심은 이미 바닥이 난다. 같은 행동을 무한히 반복하는 것은 지겹고 무료한 일이었다. 그럼에도 엄마를 도와야 했다. 내가 돕지 않으면 새벽같이 일어나 종일 밭에 엎드려 있는 엄마의 농사일은 영원히 계속될 터였다.

어느 날 나는 밭고랑 사이에 주저앉아 엉엉 울었다. 엊그제 훑었던 고랑이 또다시 새빨간 고추로 가득했다. 아직 수확하지 못한 고랑이 반도 넘게 남아 있는데 말이다. 이 답답한 작업이 영영 끝나지 않을 것만 같았다. 정말 야속하고 막막한 일이었다. 내가 서럽게 컥컥 소리 내어 울자, 엄마는 나를 달랬다.

"성희야, 고추는 이제 고만 따고 엄마가 딴 고추 포대를 집으로 갖다 놔. 그것만 도와줘."

나는 울음을 그치고 외바퀴 손수레로 밭과 집을 오가며 고추를 옮겼다. 그날 엄마는 해가 져서야 녹초가 되어 집에 돌아왔다. 집안 살림도 태산이었다. 그 일을 도울 사람 또한 나밖에 없었다. 종종걸음으로 가축들의 사료를 배식하고 벌크 속에서 바싹하게 마른 고추를 꺼냈다. 다시 밭에서 가져온 고추를 벌크에 쏟고 잘 마르도록 펴 널었다. 벌크 안은 덥고 매웠다. 잠깐이라도 안에 들어갔다 나오면 온몸이 땀으로 축축했다. 눈과 코가 매워서 찬물을 받아 몇 번이나 세수해야 아리고 따끔한 피부가 가라앉았다.

엄마가 피로와 땀에 절어 돌아오면 그제야 저녁을 지어 먹었다. 그런 뒤 나는 방에서 숙제하고 엄마는 대청에서 마른 고추를 수건으로 닦았다. 고추에

윤이 나야 경매장에서 더 높은 가격을 받기 때문이었다. 숙제가 끝나면 나는 그대로 곯아떨어졌다.

잠에서 깨면 엄마는 벌써 들에 나가고 빈 이부자리만 남아 있었다. 나는 축사를 한 바퀴 돌아보고 닭장에서 계란을 꺼내 오거나 쌀을 씻어 전기밥솥에 밥을 안쳤다. 학교 갈 준비를 하고 어린 남동생을 깨워 밥을 먹이다 보면 엄마가 농약 통을 등에 메고 들에서 돌아왔다. 엄마는 대강 한술 뜨고 남동생을 유치원에 보낸 뒤 다시 들로 향할 것이었다.

그것이 농사철 우리의 일상이었다.

아침부터 푹푹 찌는 날이었다. 햇빛은 몸이 타버릴 만큼 쨍쨍했다. 나는 책가방을 메고 집을 나섰다. 엄마는 일기예보에 비 소식이 있다며 우산을 챙기라고 했다. 나는 알았다고 대답만 하고 짐만 되는 우산을 대청에 집어 던졌다. 이틀간 우산을 가져갔다가 허탕을 친 전적이 있었기 때문이다.

걸어서 학교에 갈 때는 30분은 일찍 집을 나서

야 했다. 우리 마을 입구에는 외가 선산이 자리 잡고 있었다. 부지런히 걸어 산모퉁이를 지나면 윗마을이 나왔다. 윗마을은 우리 마을보다 가구 수가 두 배는 많았다. 윗마을 중심에는 오래된 버드나무가 있었다. 버드나무 아래에 평상이 있어 어른들이 항상 쉬고 계셨다. 동네를 벗어나 하천 다리를 건너고, 제방을 따라 난 길을 한참 걸어야 2차선 아스팔트 길이 나왔다. 여기부터 근교에서 제일 큰 부락인 향제리였다.

향제리는 문화유산으로 지정된 향교가 있는 마을로 윗마을, 아랫마을 합쳐 100여 가구가 모여 살았다. 그 때문에 구판장도 있고 시내버스도 하루에 여섯 번이나 들어왔다. 나는 갓길로 부지런히 걸어 향제리 고개에 올랐다. 언덕은 꽤 높아 정상에 오르면 숨이 가빴다. 잠시 숨을 돌리고 있노라면 어디선가 시원한 바람이 불어왔다. 송골송골 맺혔던 땀이 저절로 식었다.

도로를 사이에 두고 계단식 밭이 평지까지 이어졌다. 밭에는 콩과 들깨가 자라고 있었다. 도로변으로 옥수수가 울타리처럼 밭의 경계를 만들고 있었다. 평지부터는 금속공장 지대였다. 거대한 트레일러가 드나들며 흰 먼지를 일으켰다. 공장 지대는 작은 언덕을 넘어서야 끝이 났다.

언덕 아래로 내려가면 사거리가 나왔는데 이곳을 아랫간 거리라고 불렀다. 멀리 외딴집들이 드문드문 보였다. 나는 직진해 산속 외길로 향했다. 길은 다시 경사진 오르막이었다. 왼편은 권씨 집안 선산으로 곳곳에 공동묘지가 있고 반대편은 조경 농장으로 사철나무가 종류별로 자라고 있었다. 무심히 걷던 나는 멀리 길에 로드킬을 당한 너구리의 사체라도 보일라치면 전력 질주 했고 도움닫기로 사체 위를 뛰어넘어 멀찍이 착지했다. 시골길에 로드킬당한 야생동물은 흔한 광경이었다.

산길을 벗어나면 인삼밭과 사과 과수원이 길을 사이에 두고 비탈진 언덕 아래까지 이어졌다. 따가운 햇살은 내 살갗을 새카맣게 태웠다. 새하얀 태양을 올려다봤다. 시리게 눈이 부셨다. 순간 눈앞에 까만

도화지가 펼쳐진 것처럼 아무것도 보이지 않았다.

"또 이러네⋯⋯."

눈을 꼭 감았다 뜨기를 반복했다. 다시 풍경이 시야에 들어왔다. 얼굴을 흔들어 이마에 맺힌 땀을 떨어냈다. 겨드랑이고 목덜미고 땀이 흥건했다. 이쯤 되면 기진맥진해서 걸음을 내딛는 발이 천 근 같았다. 터벅터벅 걷다 보면 오토바이에 매달린 아이들이 나를 스쳐 지나가기도 하고, 아파트 등하교 버스가 나를 추월하기도 했다. 촌부락 사는 아이들의 자전거 부대가 지나가며 내게 손을 흔들었다. 나는 먼저 가서 기다리라고 마주 손을 흔들었다.

다시 작은 내리막길로 접어들며 고추밭과 인삼밭이 시작됐다. 고랑을 덮은 흰 비닐이 햇빛에 반사돼 반짝거렸다. 이따금 과수원에서 새를 쫓는 총소리가 고요한 숲속을 흔들었다. 그러면 놀란 꿩이 캉캉 소리를 내며 풀숲에서 요란을 떨며 날아올랐다.

마침내 학교가 보였다. 교문 앞에선 승용차며 오토바이들이 아이들을 내려놓고 있었다. 나는 혀를 반쯤 빼고 헉헉댔다. 머리카락이 땀으로 젖었다. 엄마가 하루빨리 자전거를 고쳐주었으면 하는 생각뿐이었다. 교실에 가방을 던져두고 숨 돌릴 틈도 없이 운동장으로 뛰어나갔다. 아이들은 학년별로 삼삼오오 모여 있었다. 작은 분교에 학생이라곤 겨우 80명 안팎이다. 8시 50분, 간단히 전체 조회를 하고 30분 동안 학년별로 맡은 공간을 청소한다. 저학년은 운동장 쓰레기와 낙엽 줍기, 고학년은 화단의 풀 뽑기가 주된 작업이다. 나는 풀 뽑은 것을 담임선생님에게 보여주고 소각장에 던졌다. 도시에서 발령받아 온 젊은 교사들은 1학기가 끝날 무렵이면 반쯤 촌사람으로 보였다.

교실 천장에 매달린 선풍기 두 대가 회전하며 땀에 젖은 머리 위에서 미지근한 바람을 일으켰다. 활짝 열린 창문으로는 여름날의 더운 숨만 밀려왔다. 한참 칠판에 적힌 수학 문제를 받아 적는데 귀 옆으로 웅, 하는 날갯짓 소리가 들렸다. 소리가 어찌나 위협적인지 목덜미에 살짝 소름이 돋았다. 어른 손톱

만 한 벌이 칠판에 판서를 하는 선생님 쪽으로 날아
갔다.

"선생님, 옆에 말벌이 쫓아다녀요."

"저거 왕탱이다. 쏘이면 큰일 나는데. 선생님, 조
심하세요."

벌이 선생님 머리 주변을 좌우로 날아다녔다. 선
생님이 조심히 분필을 내려두고, 한 손에 들고 있던
수학책을 덮었다. 아이들은 긴장해서 숨을 멈췄다.
순간 선생님이 수학책을 오른손으로 바꿔 들더니 달
려드는 벌을 책으로 후려쳤다. 그러고는 바닥에 떨
어진 벌을 실내화로 밟아 죽였다. 넋 놓고 그 광경을
바라보는 아이들에게 선생님이 엄한 목소리로 소리
쳤다.

"너희는 신경 쓰지 말고 필기나 어서 해."

선생님은 수학책과 실내화를 신은 발로 사체를
쓸어 모아 창밖에 내던지고 책을 탁탁 털었다. 학기
초엔 작은 나방만 들어와도 기겁하던 선생님의 나약
한 모습은 온데간데없었다.

4교시 수업이 끝날 때쯤 하늘이 흐려지더니 점심시간에는 먹구름을 몰고 온 바람이 세차게 교실 창을 흔들어 댔다. 우르릉우르릉 하늘이 성난 소리를 내더니 결국 비가 쏟아졌다. 비는 금세 폭풍우가 되었다. 창문을 뚫고 들어올 것처럼 사나웠다. 나는 지나가는 소나기이길 바라며 연신 창밖을 살폈다. 엄마 말대로 우산을 가져오지 않은 것을 후회했다.

6교시가 끝날 때까지 비는 멈추지 않았다. 바람은 소강상태였지만 여전히 빗줄기는 굵었다. 종례가 끝나고 아이들은 하나둘 가방을 메고 교실을 나섰다. 우산을 가져온 아이들이 먼저 앞장섰다. 처마 밑에서 비를 피하고 있던 아이들은 차나 오토바이를 타고 데리러 온 조부모나 부모가 하나하나 태워 갔다. 나는 고개를 빼고 교문 앞을 살폈다. 소용없는 일인 줄 알지만 혹시나 하는 기대 때문이었다. 들에서 일하던 학부모들까지 경운기며 트럭을 몰고 제 자식을 데리러 오는 바람에 교문 앞은 혼잡했다. 시간이 지나도 멈출 생각 없이 쏟아지는 빗속으로 우산 없이 뛰어드는 애들도 있었다. 나와 처지가 같은 애들이었다. 아무리 기다려도 자신을 데리러 올 사람이 없다는 것을 아는 철든 아이들이었다.

나는 다시 교실로 돌아왔다. 학원 차를 기다리는 아이들이 수다를 떨거나 숙제를 하고 있었다. 나도 내 자리에 앉아 수학책을 펼쳤다. 시간을 때우며 비가 그치길 기다려 볼 계획이었다. 그러나 숙제를 다 끝마칠 때까지 비는 그치지 않았다. 교실에는 나 혼자만 덩그러니 남았다. 가방을 사물함 속에 넣고 어린이 신문을 접어 고깔모자를 만들었다. 복도 창으로 교문 앞을 살폈다. 예상대로 아무도 남아 있지 않았다.

나는 신문 고깔을 머리에 쓰고 빗속을 달렸다. 산에서 흘러 내려온 빗물은 붉은 토사와 섞여 길을 진흙탕으로 만들었다. 여름비는 미지근했다. 금방 젖어버린 신문은 머리에 달라붙어 거추장스러워졌다. 나는 길바닥에 신문을 내던지고 왔던 길을 노루처럼 껑충껑충 되짚어갔다.

온몸이 비에 젖자 체온이 급격히 떨어졌다. 숲에서 부는 바람은 서늘하게 내 몸을 핥았다. 오소소 소름이 돋았다. 옆으로 차가 지나가면 진흙이나 물이 얼굴까지 튀었다. 길은 뱀처럼 긴 지렁이가 슬금슬금 기어다니다 자동차 바퀴에 깔려 죽은 사체로 가득했다. 아침에 본 너구리 사체는 어디로 사라져 버렸다. 운동화 속 발이 흙탕물에 불어 미끈미끈했다. 거대한 물웅덩이 속으로 첨벙거리며 뛰어들었다. 어차피 운동화도 바지도 몽땅 버렸기에 가능한 장난이었다.

숨을 헉헉 몰아쉬며 향제리 언덕에 올랐다. 멀리 젖소 농장이 보였다. 소들은 비를 맞으면서도 풀을 뜯고 있었다. 마을을 내려다보니 모두 집 안에 들어앉아 있는지 사람 그림자 하나 찾아볼 수 없었다. 대신 골목에서 고소한 기름 냄새가 풍겼다. 어느 집에서 호박 부침개라도 부쳐 먹는 모양이었다. 내 윗배에서 개구리 소리가 났다.

엄마가 부침개를 부쳐놓지 않았을까?

내리막을 뛰어 내려갔다. 마을회관 담장 옆을 지

나가는데 감자 삶는 냄새가 넘어왔다. 나는 입에 고인 침을 꿀꺽 삼켰다. 어디선가 간장 졸이는 냄새도 났다. 바로 소고기 장조림이 연상됐다. 따끈한 밥에 장조림을 얹어 한술 크게 입속에 떠 넣고 싶었다. 길가 어느 집에서는 옥수수 삶는 달큰한 냄새가 나고 어느 집에서는 압력밥솥에서 증기를 뿜는 소리가 들리기도 했다. 나는 어느새 비가 그친 줄도 모르고 머릿속으로 엄마가 무슨 음식을 해놨을지 상상하며 첨벙첨벙 뛰어갔다.

지난주에 캔 감자를 삶아놨을까? 감자채볶음을 해놨으면 케첩에 비벼 먹어야지. 간장에 조린 알감자도 맛있는데.

배에서 개구리 우는 소리가 점점 요란해졌다. 하천 제방을 지나 다리를 건넜다. 윗동네 골목에서도 음식 냄새가 풍겼다. 산모퉁이를 돌아 우리 마을로 들어섰다. 동네는 아무도 살지 않는 것처럼 고요했다. 길바닥에 어디서 기어 나온 건지 미꾸라지 몇 마리가 꿈틀대고 있었다. 작은 당숙 댁을 지나는데 풀어놓은 잡종 개가 내 인기척을 듣고 뛰어나왔다가 입맛을 한번 쩍 다시고는 집으로 들어가 버렸다.

활짝 열린 우리 집 대문으로 들어갔다. 축사에 매놓은 누렁이가 누워서 꼬리만 두 번 까딱였다. 소들도 누워서 심드렁하니 나를 한번 쳐다보고 되새김질만 해댔다. 집 안은 아무도 없는 것처럼 고요했다. 기대했던 음식 냄새도, 반갑게 맞아주는 엄마도 없었다.

조용히 안방 문을 열었다. 엄마와 남동생이 모기장 속에서 정신없이 코를 골며 잠들어 있었다. 미운 마음이 들었다. 가만히 방문을 닫고 젖은 옷을 벗었다. 속옷만 입고 외부 수돗가에서 신발을 흔들어 빨았다. 처마 밑 빨랫줄에 운동화를 집게로 집어 널고 샤워를 했다. 빨래 바구니에는 내가 벗어 넣은 옷이며 엄마의 작업복들이 가득했다. 세탁기에 옷을 넣고 전원을 눌렀다. 속으로 게으른 엄마를 흉봤다.

수건으로 머리를 털고 마지막으로 발을 꼼꼼히 닦았다. 발은 물에 불어 쪼글쪼글했지만 내 신체 중 가장 하얗고 보드라웠다. 살금살금 부엌으로 들어가 냄비 뚜껑을 열어봤다. 빈 냄비 속에는 실망만 가득했다. 마지막으로 냉장고를 열어봤다. 역시 먹을 것이 하나도 없었다.

낮잠 자는 엄마가 야속했다. 냄비에 물을 받아 라면을 끓였다. 나는 좁은 부엌에 상을 펴고 쪼그려 앉아 냄비째 놓고 라면을 먹기 시작했다. 그때 자다 깬 엄마가 부스스한 얼굴로 부엌문을 열고 들어섰다. 나는 알은체도 안 하고 라면을 후루룩 삼켰다.

"기집애, 비 맞고 왔냐?"

엄마가 뻗친 머리를 벅벅 긁으며 내 앞에 앉았다. 그리고는 라면 냄비를 들어 국물을 후후 불어가며 마셨다. 나는 상 위에 젓가락을 탕 소리 나게 내려놓으며 엄마를 흘겼다.

"자전거 빵꾸 때워놨어?"

내가 따지듯 묻자 엄마는 내일 타이어 사다 고쳐놓겠다고 신용 없는 약속을 했다.

"진짜지?"

내가 재차 물었다.

"응, 알겠다니까."

엄마는 한 가닥 남은 면발을 후루룩 삼키고 빈 냄비를 내려놨다. 나는 바닥이 보이는 냄비를 보고 참았던 화를 쏟아냈다.

"학교로 데리러 올 것도 아니면 감자라도 쪄놓든가. 부침개라도 한 장 부쳐주진 못할망정 내가 끓인 라면까지, 그걸 다 뺏어 먹냐."

눈가가 시큰해졌다.

"아침에 우산 챙기라 몇 번을 말했냐? 지가 무겁다고 내던지고 갔으면서 왜 성질을 부려? 장마철에는 내가 우산 하나 학교에 가져다 놓으라고 했냐, 안 했냐?"

다 맞는 말이라 반박할 수가 없었다. 엄마는 주머니를 뒤져 담배를 한 대 물더니 허공에 연기를 뱉었다.

"장화 신고 텃밭 가서 애호박이나 네댓 덩이 따 와."

엄마가 명령했다. 나는 입을 삐죽대면서도 몸을 일으켰다. 헛간에 벗어놓은 흰 장화를 신고 있는데 엄마가 부엌에서 소리쳤다.

"파란 고추랑 빨간 고추 섞어 열 개쯤 따 오고."

나는 빈 비닐 포대를 찾아 들고 목장갑을 끼고 집 앞 텃밭으로 향했다. 비가 다시 시작되려는지 굵은 빗방울이 하나둘 내 정수리 위에 떨어졌다. 호박 넝쿨을 발로 헤치며 연둣빛 애호박을 댓 개 땄다. 고추 줄기에서 물방울 매달린 고추도 손에 잡히는 대로 비틀어 땄다. 이슬비가 다시 머리를 적셨다. 엄마는 대청에 앉아 부추를 다듬고 있었다. 부추는 울타리 안 화단 한구석에서 자라고 있었다. 엄마가 연신 하품을 해댔다.

"벌크에서 고추 걷어야 하는데……."

에둘러 내게 시키는 것이다. 나는 애호박과 고추가 든 비닐 포대를 부엌문 앞에 내려놓고 벌크로 들어가 마대에 고추를 쓸어 담았다. 자루 속 고추는 오늘 밤 엄마의 일거리였다. 축사를 돌아보며 더러운

물통을 닦고 깨끗한 물로 채우는 작업을 마친 후 부
엌을 들여다봤다. 엄마는 김치 버무리는 대야에 하나
가득 부침개 반죽을 해놨다.

커다란 프라이팬 두 개가 가스불 위에서 달궈지
고 있었다. 엄마는 프라이팬에 들기름을 흥건하게 붓
고 기름이 끓어오르자 국자로 반죽을 듬뿍 퍼 널었
다. 나는 찬장에서 커다란 쟁반을 꺼내 키친타월을
두껍게 깔았다.

첫 번째 부침개는 간을 보는 용으로 우리 것이
었다. 잠에서 깬 텔레비전을 보고 있는 남동생을 불
렀다. 부침개를 젓가락으로 대강 찢었다. 갓 부쳐 낸
호박 부침개는 바삭하며 뜨겁고 고소했다. 한 조각
을 집어 남동생 입에 넣어주고 큰 조각을 집어 가스
불 앞에 서 있는 엄마한테 쫓아갔다. 접시 위 부침개
한 장을 게 눈 감추듯 먹어 치우고 심부름 갈 준비를
했다.

엄마는 부침개 두 장을 쟁반에 담아 은박지 포일
을 덮어주었다. 나는 처마에서 떨어지는 빗줄기를 내

다보고 우산을 집어 들었다. 한 손으로 쟁반을 들고 물웅덩이를 피해 걸었다. 첫 심부름 목적지는 외할아버지 댁이다. 외할아버지는 한 집 건너에 사신다. 활짝 열린 장지문 안으로 할아버지가 목침을 베고 주무시는 것이 보였다. 나는 조용히 할아버지 옆에 쟁반을 내려놓고 장지문도 소리 나지 않게 닫아드렸다.

집에 돌아오니 두 번째 배달 쟁반이 준비돼 있었다. 옆집 할아버지는 대청에 나와 나를 기다리고 계셨다. 뜨락에 쪼그리고 앉아 콩을 까고 있던 할머니가 깔깔거리며 말했다.

"할아버지가 아까부터 성희 네가 부치미 언제 가져오나 목 빼고 기다렸잖냐. 저이는 나이 먹음 먹을수록 어째 얼라가 되는 겨."

할아버지가 쟁반을 받으며 할머니를 나무라듯 말했다.

"당신은 성희 어멈 부치미 좀 배워. 성희 니네 엄마 부치미가 젤이여. 성희야, 너 들어와 앉았다 가."

나는 배달이 아직 멀었다고 대답하고 집으로 뛰

어갔다. 다음으로 수양 할머니 댁과 큰 당숙 댁, 작은 당숙 댁에 배달을 다녔다. 그러고 나서 다시 상 앞에 앉았다. 뛰어다니는 사이 엄마한테 가졌던 야속함이나 서운한 감정은 한 톨도 남지 않고 사라졌다. 그 많던 반죽은 금세 바닥이 났다. 남동생은 양껏 먹었는지 다시 텔레비전 앞으로 돌아갔다. 엄마는 마지막 부침개를 부쳐 내 앞에 앉았다.

"맛있냐?"

나는 부침개 조각을 입에 넣고 고개를 크게 끄덕였다. 엄마가 나를 보고 씩 웃었다. 피곤이 풀리지 않은 엄마의 얼굴은 핏기 없이 푸석하고 눈꺼풀은 안으로 구만리 푹 꺼져 있었다. 농사철이면 엄마의 얼굴은 매일 그러했다.

엄마가 새 자전거를 사주었다. 타이어를 수리해서 쓰려고 했는데 일이 그렇게 간단치 않았다. 타이어가 얼마나 낡았는지 자전거포 아저씨가 말하기를 모래알에도 펑크가 날 정도라고 했다. 두 개의 타이어를 갈아 끼워야 했는데 값이 만만치 않았다. 그러느니 새 자전거를 사는 게 낫다는 자전거포 아저씨의 조언을 엄마는 새겨들었다.

뜻하지 않게 새 자전거를 얻은 나는 날개를 단 것 같았다. 남동생을 뒤에 태우고 온 동네를 쏘다녔다. 눈만 뜨면 자전거를 타고 들판으로 달려 나갔다. 길에서 흙탕물 웅덩이라도 만날 참이면 자전거를 번쩍 들고 웅덩이를 걸어서 건넜다. 자전거는 내가 초등학교를 졸업할 때까지 새것처럼 반짝였다.

중학교는 자전거로 통학할 거리가 아니었다. 버스를 타려면 향제리까지 나가야 했다. 향제리 마을회관에 타고 간 자전거를 맡겨 두고 시내버스로 통학을 했다.

내 키는 금방 엄마를 따라잡더니 1학년이 끝날 무렵 이미 170센티미터가 넘었다. 중학교 입학할 적에 맞춘 교복이 짤막해졌다. 소맷단을 아무리 끌어내려도 남의 옷을 얻어 입은 것처럼 불편했다. 엄마는 교복을 다시 맞춰야 하는 게 아니냐고 물었지만 나는 1년밖에 입지 않은 교복이 아까워 대강 버텨 보겠다고 말했다. 키가 그만 커야 하는데 4월 체력 검사 때 보니 3센티미터가 더 자랐다. 큰 키 때문에 교실 뒷자리에 앉아야 했다.

그뿐만 아니라 체육부에 강제 차출되어 억지로 필드하키 훈련을 받아야 했다. 코치 선생님은 내게 재능이 있다고 칭찬했다. 그러나 엄마는 운동부는 공부 못하는 애들이나 하는 거라고 당장 그만두라 다그쳤다. 엄마의 반대가 이해되지 않았다.

사실 나는 공부가 점점 재미없어졌다. 정확히는 진도를 따라갈 수가 없었다. 언제부턴가 칠판의 글씨가 보이지 않았기 때문이다. 옆자리 짝꿍의 노트를 들여다보며 필기를 겨우 베껴 쓸 수 있었다. 체육부 활동은 엄마에게 비밀이었다. 오전은 교실에서 수업을 받고 오후엔 운동장에서 하키 연습을 했다. 대회는 9월부터 시작이었고 여름방학 전에 기초 훈련이 끝나 있어야 했다.

하키는 경기의 특성상 보호장구를 갖춰야 했는데 나는 보호장구를 해도 몸이 멍투성이였다. 공을 스틱으로 쳐내야 하는데 나는 그게 잘 안 됐다. 분명 날아오는 패스를 보고 스틱을 가져다 댔다고 생각했는데 공은 엉뚱한 곳에 떨어지거나 내 몸에 맞고 굴러가 버렸다. 코치 선생님은 부상당하려고 환장했냐며 야단을 쳤다.

"너 해태 눈깔이냐? 똑바로 공 못 봐!"

호되게 야단을 맞고 안경을 맞춰야겠다고 생각했다. 그러고 보니 요즘 자전거를 타다 자주 넘어졌다. 날이 어스름 저물기 시작하면 짙게 안개가 낀 것처럼 눈앞이 흐려졌다. 무르팍이고 팔꿈치고 간에 딱지가 떨어지기 무섭게 다시 넘어져 피가 났다. 엄마는 내가 채소를 먹지 않아 야맹증이 생긴 것 같다며 시금치랑 당근 반찬을 수시로 만들어 먹였다. 그러나 큰 효과는 없었다. 엄마 말처럼 야맹증인 줄 알았는데, 어찌 된 일인지 햇볕에 있다가 그늘로 들어가기만 해도 순간 눈앞이 캄캄해졌다. 한참을 눈을 껌벅

거려야 시력이 돌아왔다.

결국 나는 체육부에서 잘렸다. 교실에서 운동장을 내다봤다. 새카맣게 탄 단발머리 여학생들이 팀을 나눠 필드를 뛰어다녔다. 서로를 향한 하이 파이브가 내 가슴에 못처럼 박혔다. 하늘에 먹구름이 모여들고 빗방울이 떨어지자 시범 경기가 중단되었다. 꼴좋다. 겉으론 아닌 척했지만 내심 하키부에서 내쫓긴 것에 대한 억울함이 있었다.

오후 수업이 7교시까지 있는 날은 종례가 끝나기 무섭게 버스 정류장으로 달려야 했다. 집으로 향하는 버스의 배차 간격이 두 시간당 한 대꼴이었다. 오후 4시 버스를 놓치면 6시까지 기다려야 했다. 더욱이 비가 오는 날은 어둠이 빨리 내렸다. 나는 급하게 교문을 빠져나와 초등학교를 지나 건널목을 건넜다. 버스가 신호를 받고 있었다.

버스 정류장은 스무 걸음 앞이었다. 마음이 급했던 탓일까. 상가에서 꺼내놓은 전선에 발이 걸려 넘어졌다. 너무 아파서 엎어진 채로 꼼짝도 못 했다. 뛰어나온 상가 주인아저씨가 괜찮냐고 물으면서 팔을 잡고 일으켜 주었다. 오른팔이 크게 쓸려 피가 났다. 오른 발목은 접질렸는지 찌릿한 통증이 힘을 주면 종아리까지 올라왔다. 야속한 버스는 벌써 달아나 꽁무니만 보였다.

아저씨가 물수건을 가져다줘서 상처를 닦았다. 버스 정류장 플라스틱 의자까지 기다시피 걸어가 앉았다. 팔꿈치는 화끈거리고 발목엔 힘이 들어가지 않았다. 내 부주의함을 자책하며 깊은 한숨을 내쉬었다. 통증이 조금씩 가라앉았다. 걸음마를 배우는 어린애도 아니고 다 큰 애가 멀쩡한 대낮에 넘어지다니. 너무 서두른 탓이었다. 날이 저물면 부쩍 눈이 잘 안 보이기 때문에 발걸음을 너무 재촉했다. 이대로는 안 되겠다는 생각이 들었다.

발목을 천천히 돌려보고 걸을 만해지자 몸을 일으켰다. 상가 건물을 따라 내려가다 보면 사거리에 안경원이 있었다. 오늘 안경을 맞추고 돈은 내일 치르겠다고 부탁해 볼 생각이었다.

한참 안경 렌즈를 바꿔가며 검사판을 가리키던 안경사 아저씨가 뜬금없이 내게 교실 칠판은 잘 보이는지, 밤길을 잘 다니는지 물었다. 나는 요사이 내게 나타난 증상을 이야기했다. 아저씨는 검사를 중단했다. 안경을 맞춰주는 대신 서울 안과의 약도를 적어주었다.

"내가 서울 안과에 예약을 해줄 테니까 빨리 검사를 받아보거라. 꼭 부모님 모시고 가고."

아저씨가 예약한 병원은 동서울터미널 근처였다. 그는 몇 번이고 병원 가는 방법을 내게 일러주었다. 아저씨는 병원에 부모님을 모셔 가야 한다고 거듭 당부했다. 그때 나를 바라보는 아저씨의 눈빛은 태풍이 지나간 뒤에 엉망이 된 밭을 바라보는 엄마의 눈과 닮아 있었다.

나는 바쁜 엄마에게 서울 병원 이야기는 하지 않았다. 대신 안경을 맞추고 싶으니 돈을 넉넉히 달라고 했다. 엄마는 이왕이면 좋은 것으로 하라며 돈을 쥐여줬다.

안과를 찾아가는 것은 어렵지 않았다. 동서울터미널에 내려 안경사 아저씨가 적어 준 약도대로 따라갔다. 접수처에 이름을 대고 기본 검사를 받았다. 눈꺼풀을 뒤집어 랜턴을 비춰보던 간호사 선생님이 심각한 얼굴로 보호자가 같이 오지 않았냐고 물었다. 나는 겁먹은 채 고개만 끄덕였다.

간호사 선생님은 난처한 표정으로 잠시 머뭇대다 검사를 계속 진행했다. 15분 간격으로 안약을 네 번 넣고 검사실로 들어가 안구 사진을 찍고 이마에 전선을 연결하고 알 수 없는 검사들을 한참 했다. 마침내 내 이름이 호명되고 의사 선생님 앞에 앉았다. 의사 선생님도 자꾸 보호자를 찾았다. 뭔가 내 눈에 좋지 않은 일이 벌어졌구나, 싶었다.

"다음에 어머니 모시고 오너라."

심장이 두근거리고 손에 땀이 찼다. 그러나 알아야 했다.

"저는요, 충청도 시골에서 왔어요. 농사철이라

엄마는 엄청 바빠요. 다음번에 엄마 데리고 올 테니까 오늘은 그냥 저한테 얘기해 주세요."

의사 선생님이 하는 수 없다는 듯 내 뒤에 서 있던 간호사 선생님에게 눈짓했다. 여러 장의 티슈가 내게 건네졌다. 왜 이걸 주는 거지? 나는 그걸 받지 않은 채로 멀뚱하게 서 있었다. 의사 선생님이 천천히 입을 떼었다.

"애야, 너는 머지않은 미래에 시력을 모두 잃게 될 거란다. 벌써 진행이 많이 된 상태야. 다음에 부모님을 모시고 오면 더 자세한 이야기를 해주마."

정신이 멍한 채로 그 얘기를 들었다. 머릿속이 공갈빵처럼 텅 빈 느낌이었다. 정말이지 아무 생각도 나지 않았다. 그런데 진료실 문을 닫고 나오니까 비로소 눈물이 쏟아졌다. 간호사 선생님이 왜 여러 장의 티슈를 뽑아서 내게 건네려 했는지를 그제야 알았다. 나는 티슈도 손수건도 갖지 않은 빈손이었다. 주먹으로 흐르는 눈물을 훔쳐냈다.

무슨 정신으로 수납하고 고속버스에 올랐는지

하나도 기억나지 않았다. 달리는 버스 안에서 멍하니 차창 밖을 보았다. 맑았던 하늘에 먹구름이 모여들었다. 회색의 도시가 등 뒤로 멀어졌다. 작은 마을들도 숱하게 지나갔다. 푸른 들판과 희끄무레한 비닐하우스들이 순식간에 뒤로 흘러갔다. 나는 밀려오는 무언가를 가까스로 참아냈다. 읍내 터미널에 앉아 집으로 들어가는 시내버스를 기다렸다. 배차 시간까지는 30분이 남아 있었다.

비가 시작됐다. 한두 방울 떨어지던 빗방울이 정신없이 터미널 양철 지붕을 때려댔다. 나는 멍하니 나무 의자에 앉아 있다가 결국 참지 못하고 빗속으로 뛰어들었다. 비는 기다렸다는 듯 나를 삼켰다. 비가 내 눈물자리를 타고 흘러내렸다. 세상 가장 뜨거운 물줄기가 내 턱 끝에 매달렸다. 입을 벌리면 신음이 새어 나올 것만 같아서 어금니를 꼭 깨물었다. 집에 가는 것이 두려웠다. 다른 건 생각나지 않았다. 머릿속엔 아까부터 오직 하나의 생각뿐이었다. 엄마한테 이 얘기를 어떻게 해야 하나. 도무지 엄두가 나지 않았다. 내 몸이 몽땅 녹아 물처럼 어디론가 흘러가 버렸으면 좋겠다고 생각했다.

엄마는 대청에 앉아 마른 고추를 닦고 있었다. 나는 대문 밖에서 엄마를 우두커니 바라봤다. 엄마가 비를 맞고 있는 나를 발견했다.

"너 또 우산 안 가져갔냐? 덩치만 컸지 우째 그리 여물지 못하냐."

잔소리를 시작하던 엄마가 갑자기 눈을 휘둥그렇게 떴다.

"성희야. 왜? 너 울었어?"

뜨락에 벗어 둔 신을 대강 꿰어 신고 엄마가 내게로 달려왔다. 참으려 했는데 막상 엄마 앞에 서자 참아지지 않았다.

"엄마! 나 어떡해? 나 어떡해?"

목구멍에서 참았던 두려움과 공포가 쏟아져 나왔다. 나는 엄마 품에서 목 놓아 울었다.

"미친년. 어디서 이상한 소리를 듣고 와서."

내 말을 들은 엄마의 반응이었다. 엄마는 믿지

않았다. 다음 날 엄마는 당장 나를 데리고 내가 갔던 병원으로 달려갔다. 의사 선생님께 직접 결과를 듣고 나서도 엄마는 믿을 수 없다는 표정이었다.

"선생님, 검사가 잘못된 거 아닌가요? 우리 성희가 왜 눈이 멀어요? 그럴 리가 없어요."

엄마가 이끄는 대로 다른 병원도 두 군데나 더 갔다. 진단은 같았다. 나는 감히 엄마를 쳐다보지 못했다. 서울에서 돌아오는 고속버스 안에서 엄마는 내 옆에 앉지 않고 뒷좌석에 앉았다. 나는 엄마가 소리 없이 울고 있음을 알았다. 엄마의 슬픔이 마음 아파서 나 또한 소리 죽여 울었다.

나를 데리고 병원 순례를 하는 중에도 엄마의 농사일은 계속되었다. 엄마는 내게 더 이상 밭에 나오지 말라고 했다. 실컷 자전거를 타고 친구들과 놀러 나가라 등을 떠밀었다. 하지만 나는 그러고 싶지 않았다.

엄마를 찾아 고추밭으로 나갔다. 하늘은 맑은데 가슴이 무너질 것 같은 빗소리가 들렸다. 나는 밭고랑에 주저앉아 울고 있는 엄마의 곡소리를 듣다가 조용히 발길을 돌렸다. 밭에서 돌아온 엄마도 집에서 엄마를 기다리던 나도 눈가가 붉게 익어 있었다. 우리는 짐짓 우스갯소리를 하고 억지웃음을 짜냈다. 엄마와 나는 서로를 위해 속없는 척 연기를 했다.

세 번째 병원에 갔다 온 날도 비가 내렸다. 엄마는 병원에서 있었던 일에 대해 말하지 않았고, 나도 말하지 않았다.

"우리 강아지 뭐 먹고 싶냐?"

축 처져 고단한 얼굴을 한 채 부엌문 사이로 내리는 비를 바라보고 있을 때 엄마가 물었다. 입맛은 없었지만 엄마 기분을 맞춰주고 싶었다. 토닥토닥 내리는 빗소리에 문득 떠오르는 음식이 있었다.

"……호박 부침개."

"그려."

엄마가 해준 부침개를 일부러 게걸스럽게 먹었다. 비를 쫄딱 맞고 돌아와 서러웠던 어느 날이 떠올랐다. 마치 까마득히 먼 옛날처럼 느껴졌다. 엄마는 내가 먹는 걸 가만히 보다가 뜬금없이 자전거 얘기를 꺼냈다.

"자전거 산 지 몇 년 되었지?"

"3년."

"아직 탈 만해?"

"응. 타이어가 낡긴 했어. 빵꾸를 다섯 번은 때 웠지."

"그러면 새 자전거를 사야 하나? 이참에 전기 자전거 살까?"

그러다가 갑자기 엄마가 운전면허 얘길 했다.

"야야, 성희야, 너 3년만 있으면 운전면허증 따는 나이다. 그때까지만 저 낡은 자전거 타면서 개겨라."

"그럼, 엄마가 저 차 나 줄 거야?"

그러자 엄마가 눈을 흘겼다.

"그럴 리가 있나. 네 차는 네가 돈 벌어서 사야지."

우리는 그렇게 내 눈과는 전혀 별개의 이야기를

하며 시시덕거렸다.

    밖을 보았다. 비가 굵어지고 있었다. 겪어본 적
없는 새로운 장마의 시작이었다.

나는 이 소설들을 주로 점자 단말기로 썼다.

내 책상 위에는 점자판과 음성 프로그램이 깔린 컴퓨터,

스마트폰이 있다. 소리를 들으며 타자를 친다.

그리고 손으로 점자를 더듬어 읽으며 퇴고를 거친다.

내 모든 원고는 그런 과정으로 완성됐다.

이제부터는 오로지 내 이야기다.

작가의 말을 에세이 형식으로 써보았다.

나는 여러 형식을 자유롭게 오가며

독자들과 격의 없이 만나길 원한다.

에세이

소 설 가 가 되 었 다

나는 현실 파악이 빠르다. 그렇기에 주어진 환경에 적응하는 속도 역시 빨랐다. 중학생이 되자 내 미래가 훤히 예상됐다. 학교에서 장래 희망을 적어 내라 하면 '경리'라고 썼다. 그게 현실적인 타협안이라고 생각했기 때문이다. 나는 글을 쓰는 미래를 조금도 꿈꾸지 못했다.

고향 마을은 아홉 가구가 모여 사는 작은 부락이었다. 윗마을 역시 겨우 스무 가구가 전부였다. 두 마을 통틀어 대학을 졸업한 주민이 한 명도 없었다. 그들은 대부분 농사꾼이었고 몇몇은 농사를 부업으로 하며 인근 공장에서 생산직 노동으로 생계를 꾸렸다.

2003년이 되어서야 마을에 케이블방송이 들어왔을 정도로 마을은 외지고 낙후된 곳이었다. 비단 환경과 생활 수준만 더디게 발전한 것은 아니었다.

온 동네의 가장 큰 부러움을 샀던 가정은 딸이 넷 있던 과수원집이었는데 그 집은 딸들을 모두 인근 실업계 고등학교에서 졸업시키고 곧바로 공장으로 보냈다. 그러고는 딸들이 벌어오는 월급을 아버지가 착복해 인근 땅을 모조리 사들였다. 당연히 땅은 아버지 명의였다. 마을 어른들은 그 행태를 욕하기는커녕 부러워했고 딸자식들에게 그 댁의 딸들을 본받으라 강요했다. 내 어머니도 마찬가지였다. 글짓기 대회에서 상을 받아 오면 어머니는 칭찬해 주었지만, 상 받은 시를 표구해야 하니 액자값을 달라고 하면 핀잔을 줬다.

"그깟 거 안 한다고 해. 글에서 떡이 나오니, 돈이 나오니? 글쟁이 밥 빌어먹기 딱 좋다더라."

어머니의 교육관은 확고했다. 무조건 취직 잘되는 기술을 배우라는 것이다. 이런 환경 속에서 글 쓰는 삶을 어찌 상상해 봤겠는가? 나는 친척 언니들처럼 읍내 상고를 졸업해 농협이나 인근 물류 창고에 경리로 취직하는 미래를 의심해 본 적 없었다.

그런 내게 시각장애 선고는 확고했던 운명이 몽땅 어그러지는 변수였다. 그 무렵 내가 가장 암담하게 느꼈던 것은 평생 캄캄한 일생을 살아가야 한다는 두려움보다 정해진 궤도에서 벗어나 버렸다는 사실이었다.

나는 이방인처럼 겉돌기 시작했다. 시력은 급격하게 떨어져 맨 앞자리에 앉아도 칠판이 보이지 않았다. 그러니 학업에 대한 열정도 시들해졌다. 시야가 극도로 좁아져 책을 읽을 때도 자를 대고 한 줄 한 줄 읽어 내려가야 했다. 그러지 않으면 다음 문장을 찾지 못하고 엉뚱한 줄로 건너뛰기 십상이었다.

시력이 떨어지는 속도만큼 마음속에 울분이 가파르게 차올랐다. 나는 공책에 칠판 판서를 베껴 쓰는 대신 세상을 저주하는 말을 써대기 시작했다. 그러다 도서관에서 한국 근대문학 소설집을 빌려 읽게 되었다. 황순원과 김동인과 김유정의 소설에 빠졌다. 어느새 나는 저주의 말 대신 콩트를 쓰기 시작했다.

처음 내가 쓴 이야기는 나를 양육해 준 외조모에 관한 이야기였다. 나는 여섯 살 때까지 외조모가 엄마인 줄 알고 컸다. 그녀는 내가 여섯 살 때 위암으로 사망했다. 외조모의 간병은 내 어머니가 도맡았는데 그때부터 나는 어머니와 살기 시작했다. 외조모에 대한 기억은 간간이 남아 있다. 나는 외조모의 죽음과 한 달간 서울 사는 이모 댁에 맡겨져야 했던 사연을 썼다.

그 무렵 나는 매일 바지에 오줌을 쌌다. 외조모가 없는 외조모 집에서 어머니와 살게 된 지 얼마 되지 않았을 때였다. 아침이면 어머니의 매타작과 자지러지는 내 울음소리로 고요했던 동네가 항상 요란히 깨어났다. 긴 하루 동안 나는 흙바닥만 보이면 작은 둔덕을 수도 없이 만들었다. 어른들은 두꺼비집을 지으며 흙장난을 한다 생각했지만 사실 그건 두꺼비집이 아니었다.

나를 외조모 집에서 멀리 떨어뜨려 놓으라 조언한 이는 한마을에 사는 외당숙이었다. 그는 내가 흙장난하는 것을 한참 살펴보다 깜짝 놀랐다고 했다. 어린애가 날이 무딘 호미로 땅을 파더니 그 안에 나무토막을 넣고 곡을 하더란다. 그러고는 구덩이를 메우며 혼잣말을 중얼거리는데 초상을 치르며 동네 사람들이 수군대던 얘기를 녹음기 틀어놓은 듯 떠들어대는 것이었다. 그제야 어린 조카가 만들어 놓은 수많은 무덤들이 그의 눈에 들어왔다. 여섯 살 어린애는 방치된 시간 속에서 매일같이 제 외할머니 초상을 치르고 있었다. 그 사실을 깨닫자 외당숙은 아득해지고 정신이 번쩍 났다. 다음 날 서울 사는 이모가 나를 데리러 왔고 나는 그 댁에 한 달간 머물렀다. 그때의 기억은 거의 남아 있지 않다. 다만 어른들의 이야기로 구멍 난 시간을 짜맞췄다. 왜 그 시간을 쓰고 싶었는지는 모를 일이었다.

　　엉성한 스토리였지만 수업 시간 내내 열중해 마무리까지 짓고 화장실에 다녀왔다. 그 사이 동급생이 내 허락 없이 공책을 펼쳐 읽고 있었다. 나는 급하게 공책을 낚아챘다. 그리고 히죽거리며 웃는 그 애 앞에서 공책을 갈갈이 찢었다. 부끄럽고 분했다.

그 일 이후 나는 더 이상 아무것도 쓰지 않고 책을 읽기만 했다. 시력이 점점 사라지며 책을 읽는 속도도 떨어지고 금세 눈이 피로해졌다. 하지만 읽는 것을 멈출 수 없었다. 책 속만이 유일한 도피처였고 나를 자유롭게 했으며 위안이 되었다. 눈이 보일 때 최대한 많은 책을 읽고 싶었다. 더 이상 책을 읽을 수 없을 때 기억 속 서랍을 열어 꺼내 보며 캄캄한 현실을 견디겠다고 결심했다.

고등학교를 장애인 학교로 진학하며 나는 일찍 어른의 세계로 발을 딛고 섰다. 현재는 직업 교육과정과 진학 교육이 별개로 분리되어 있지만 내가 고등부에 진학했을 땐 모두 교육받아야 했다. 그 때문에 동급생의 연령대가 다양했다. 우리 반은 총 열세 명이었는데 10대는 겨우 네 명이고 나머지는 모두 성인이었다. 가장 나이 많은 학생은 50대 후반이었다. 나는 동급생들에게 일찌감치 어른 대접을 받았다. 회식에 끼어서 소주 한 잔을 얻어먹고 구구절절한 신세한탄을 들으며 서로를 위로했다.

불행의 수위가 있다면 나는 애송이였다. 장애인 학교에는 참담하다 못해 믿기 힘든 사연을 가진 이들이 모여들었다. 그렇다 해서 모두가 절망 속에서 살아가지는 않았다. 나는 장애인 학교를 다니면서 그럼에도 살아가야 하며, 살 수밖에 없는 현실을 깨달았다.

사립 장애인 교육기관은 보통 복지시설과 함께 운영된다. 복지시설은 기숙사로 이용됐다. 지금은 재가 복지 위주의 탈시설화 정책이 추세지만 2000년대 초반만 해도 노약자 보호시설이 프랜차이즈 가맹점처럼 우후죽순 늘어났다. 나는 집이 멀었기 때문에 기숙사 생활을 했다. 기숙사에 입소하려면 학교와 연계된 복지시설 원생이 되어야 했다. 원생 중에는 나처럼 부모가 있음에도 여러 사정으로 입소한 학생들도 있었고 고아나 아동학대 피해자로 부모와 격리된 아이들도 있었다.

정신없이 눈먼 삶을 배워나가던 중 다시 무언가를 쓰기 시작한 것은 A 때문이었다. 그 애는 시각장애와 발달장애가 있는 중복장애인이었다. 겨우 대소변을 스스로 가리는 게 전부일 정도로 A의 장애 정도는 심했다.

그런 A가 어느 날부턴가 1층 계단에 서서 꼼짝 않고 누군가를 기다렸다. 사정을 전해 들은 건 한참 뒤였다. 친분이 있던 중복장애인 기숙사 보모가 우연히 마주친 나에게 속상한 마음을 털어놨다. A는 아기 때 시설에 맡겨져 여러 차례 양육 기관을 옮겨 다녀야 했다. 한 가지 장애로도 품이 많이 드는 형편인데 A는 중복장애인이니 그 애를 반기는 곳이 없었다. 불안한 환경 때문인지 A의 발달장애는 더욱 심각해져 자해까지 하는 지경에 이르렀다. A가 발음할 수 있는 단어는 다섯 가지를 넘지 못했다. 그중 하나가 '아빠'였다.

얼마 전 기적처럼 A의 아버지가 아이를 찾아왔다. 그는 아이가 세 살 때 이혼하고 홀로 미국으로 건너갔다. 딸은 친모가 잘 키우고 있다 여겼단다. 그러다 아이가 보고 싶어 10여 년 만에 고국에 돌아온 것이었다. 수소문 끝에 아이가 시설에 맡겨져 있다는 것을 알아냈다고 했다. 그는 눈시울을 붉히며 딸과 재회했다. 아이를 데리고 나가 옷을 사 입히고 시간을 보내고 왔다. 보모에게는 아이를 미국으로 데려갈 거라 장담했다.

남자는 다음 날도 A를 보러 왔다. 그리고 그게 부녀의 마지막 만남이었다. 이제 A는 문소리만 나면 아빠, 하고 불러본다 했다. 틈만 생기면 1층으로 내려가 제 아비를 기다렸다.

나는 공책에 A의 아버지를 비난하는 내용을 내갈겼다. 이렇게라도 울분을 내뱉지 않으면 가슴이 터질 것 같았다. 사실 A의 아버지는 화풀이 대상이었다. 나는 비참한 현실과 변하지 않을 미래를 향해 울분을 터뜨리고 싶었던 것 같다. 멀어가는 두 눈에 들어오는 것은 세상의 불합리와 부조리였다. 그것들은 내 공책에 차곡차곡 쌓여갔다. 언젠가 이 새카만 이야기를 세상에 꺼내놓고 말 거라는 다짐을 했다. 하지만 내 의지는 장애인 학교 졸업과 함께 사라졌다. 그때 쓴 데스노트도 잃어버렸다.

스무 살, 안마사 생활을 시작하며 다시 책을 찾았다. 이제는 시력이 소멸된 눈 대신 소리로 듣는 방식으로 책을 읽었다. 내 하루는 고되고 지루했다. 10대 시절 책 속으로 도피했듯 다시 소설을 듣고 음미했다. 독서는 자유롭지 못한 나를 아주 먼 곳까지 데려다주었다.

본능처럼 무언가가 쓰고 싶어졌다. 스케치북에 굵은 매직펜으로 글씨를 썼다. 그러고는 글씨를 눈앞에 가까이 댔다. 당연히 아무것도 보이지 않았다. 장애인 학교를 다닐 때 점자 교육과 보이스웨어를 이용하는 컴퓨터 수업을 제대로 받지 않은 것이 후회스러웠다. 하지만 자책에 빠져 시간을 낭비하는 것은 내

성격과는 맞지 않았다. 지금이라도 다시 점자를 익히고 필요한 소프트웨어 교육을 받기로 결심했다. 주변에는 도움을 청하면 언제라도 손을 내밀어 줄 동료들이 있었다. 한글 점자를 익히고 점자 단말기를 중고로 구매했다. 점자 단말기는 음성 지원과 점자 출력이 모두 가능해서 컴퓨터로 쓰는 것보다 편리했다. 글을 기록하는 것이 가능해지자 나는 무엇이든 쓰고 싶었다.

때마침 장애 인식 개선 문화제를 알게 됐다. 나는 전년도 대상을 받은 수필을 찾아 읽어보고 이 정도면 나도 쓸 수 있을 것 같다는 오만에 빠져 순식간에 원고를 썼다. 그리고 문체부장관상을 탔다. 성과가 있자 글쓰기가 더 재밌어졌다. 수필을 써서 여러 공모전에 응모를 했다. 시간만 있으면 나는 무언가를 써댔다. 케케묵어 삭아 없어진 줄 알았던 꿈이 되살아났다. 지금껏 누구에게도, 심지어 나 자신에게조차도 말할 수 없었던 비밀이었다.

나는 소설을 쓰기 시작했다. 10여 년을 가슴에

만 품고 있던 이야기가 기다렸다는 듯 손끝으로 밀려
나왔다. 원고를 수시로 듣고 손끝으로 더듬으며 고쳤
다. 그렇게 퇴고한 소설을 공모전에 냈다. 은근한 기
대를 갖고 발표를 기다렸다. 결론은 모두 낙방이었
다. 초심자의 행운은 첫 수필 당선으로 끝나버렸다.
글쓰기에 대한 열정이 순식간에 사그라졌다.

　평생교육원 수업과 글쓰기 강좌를 몇 차례 수강
해 봤지만 친목 모임 이상의 목적은 없어 보여 그만
두었다. 나는 처음으로 외로움이라는 감정을 느꼈다.
내가 쓴 원고를 누군가에게 보여주고 싶었고 평가해
주길 바랐다. 하지만 그럴 기회는 좀처럼 주어지지
않았다. 내 주변에는 나와 공감하며 문학을 이야기할
이가 전무했다. 화르르 타올랐던 꿈이 풀썩 스러졌
다. 나는 다시 책 속으로 도피했다. 다양한 글을 자유
롭게 읽는 것으로 만족하며 살자고 나를 설득하고 현
실에 순응했다.

　시간이 흘러 나는 서른 후반의 나이가 되었다.
성실한 태도와 절제된 생활 습관으로 삶은 안정됐고

일상은 평온했다. 그런데 나는 때때로 허무함을 느꼈다. 이유를 알고 있었기에 점자 단말기를 꺼내 노트북 앞에 앉았다. 자판 위에 손을 올리고 한 줄이라도 써보려 애를 썼다. 머릿속에는 수많은 단어와 이야기들이 유영했지만 무언가를 써보려 하면 거짓말처럼 손이 굳어버렸다.

나는 아무것도 쓸 수 없는 병에 걸린 것 같았다.

2022년 11월, 복지관에서 비대면 산문 교실 수강생을 모집한다는 공지를 봤다. 나는 강한 끌림을 느꼈고 반드시 이 기회를 잡아야 한다고 생각했다. 예감은 틀리지 않았다. 그곳에서 스승 박현경을 만났다. 그녀는 신춘문예 소설로 등단해 현재는 동화 작가로 활동하고 있다. 오랜 시간 시각장애인을 위한 낭독 봉사를 해왔고 시각장애인을 위한 글쓰기 강의는 처음이라 했다.

첫 수업은 서로를 소개하고 앞으로 있을 세 번의 수업에 관한 커리큘럼을 전달하는 시간이었다. 두 번째 수업부터는 각자의 글을 선생님께 제출해 피드백을 받는 방식으로 진행되었다. 나는 오래전 썼던 수필을 제출했다. 새로 써보려 시도했지만 여전히 단한 줄도 쓸 수 없었다. 선생님이 수강생들의 글을 낭독하고 틈틈이 문장 강론을 덧붙였다. 내 원고 차례가 되었다. 선생님의 또렷한 목소리가 스마트폰에서 흘러나왔다. 나는 볼륨을 최대치로 키웠다.

산문은 외조부와의 추억을 그린 글이었다. 다른 수강생들도 숨을 죽이고 선생님의 낭독에 귀 기울였다. 원고의 중반부쯤 낭랑했던 목소리가 흔들리기 시작했다. 파르르 떨리는 숨소리와 내 감정이 공명했다. 그녀가 느끼는 슬픔의 파동이 생생히 전달됐다. 선생님 목소리에 물기가 차오르더니 결국 눈물을 터뜨렸다. 수업이 잠시 중단됐다. 나는 얼떨떨했다. 내가 쓴 글이 누군가에게 이토록 감동을 줄 수 있다는 사실이 놀라웠다. 숨을 고른 선생님이 내게 써둔 원고를 더 보여달라 요청했다. 나는 그러겠다 대답했다.

　수업이 끝난 뒤 나는 마음이 울렁거려 제자리에 앉아 있을 수 없었다. 정신을 빼놓고 집 안을 서성이다가 가구에 정강이를 찧고 벽에 이마를 부딪쳤다. 요동치는 가슴을 꾹 눌렀다. 내 안에서 무언가 새어 나오고 있었다. 작은 틈새는 점점 벌어져 단단히 세워두었던 감정의 둑을 무너뜨리고 밖으로 솟구쳐 나왔다. 그날 선생님의 눈물은 내 안에 들끓던 글쓰기의 열망을 깨운 것이다. 나는 책상에 앉아 글을 쓰기 시작했다. 내 글을 읽어주고 감정을 교류할 사람이 있다는 생각에 멈출 수가 없었다. 하고 싶은 이야기가 끝도 없이 생각났다. 자판 위에서 손가락이 정신없이 움직였다. 글쓰기에 대한 열정이 통제되지 않았다.

　네 번째 비대면 산문 교실이 진행됐다. 아쉽게도 마지막 수업이었다. 나는 새로 쓴 원고를 제출했다. 선생님은 일일이 한 문장씩 개고를 해주었다. 1분 1초가 아쉬웠다. 선생님께 보여드리고 싶은 원고가 쌓여 있었다. 피드백받은 원고도 수정해서 다시 평가를 받고 싶었다. 갈증이 났다. 꺼내놓지 못하는 원고들 때문에 애가 탔다. 이대로 선생님과 작별해야 한다는 사실이 괴로웠다. 수업이 종강하고도 몇 달을, 써놓은 원고를 끌어안고 끙끙 앓았다. 수차례 스마트폰을 들었다 놨다를 반복했다. 나는 타인에게 부탁을 하거나 폐를 끼치는 행위를 극도로 경계하며 살았다. 하지만 이번만은 뻔뻔해지고 싶었다. 무작정 매달려 보기로 했다.

용기를 내서 박현경 선생님께 전화를 걸었다. 선생님은 나를 몹시 반가워했다. 당신도 간혹 내 생각을 했다고 말씀하셨다. 나는 떼쓰듯 내 원고 좀 봐달라고 애원했다. 선생님은 진심으로 기뻐하셨다. 나만을 위한 글쓰기 지도가 시작됐다. 원고지 20매 분량의 원고를 가지고 수십 번 메일을 주고받으며 퇴고 과정을 교육받았다. 선생님은 지치지 않았다.

완성된 원고를 수필 공모전에 출품했다. 그 원고로 나는 큰 상을 받았다. 그때까지 선생님과 직접 대면한 일은 없었다. 우리는 전화와 이메일로만 소통했다. 선생님을 처음으로 만난 것은 내 시상식 날이었다. 나는 그녀의 손을 잡는 순간 솟구치는 오열을 참을 수가 없었다. 그저 감사했다. 글쓰기를 가르쳐 줘서도, 상을 받은 감동 때문만도 아니었다. 내 감정을 공감해 주는 사람이 세상에 존재한다는 사실이 감격스러웠다. 선생님은 나를 달래며 앞으로도 많은 글을 써서 보여달라고 했다. 언제까지나 기다리겠다 약속하셨다. 선생님과의 대면 이후 나는 매일같이 울고 그 눈물이 마를 새 없이 원고를 썼다. 선생님은 가슴이 텅 빌 때까지 고여 있는 이야기들을 몽땅 쏟아내라 격려했다. 그래야 새로운 글도 쓸 수 있다 조언하셨다.

넉 달간 쓴 원고를 모아 보니 원고지로 700매가 넘었다. 꽉 막혔던 가슴이 후련해졌다. 선생님의 말대로 이제 새로운 이야기가 쓰고 싶어졌다. 정리된 원고를 메일로 송고했다. 내 원고를 받아 본 선생님이 급하게 달려오셨다. 그러고는 출간을 해보는 게

어떻겠냐고 권하셨다. 나는 내키지 않았다. 이 원고
는 내 가슴속 응어리를 풀어낸 것만으로 의미가 충분
하다 생각했다. 선생님은 나를 설득했다. 누군가 내
글을 읽고 위로받고 힘을 낼 수 있을 것 같다는 것이
다. 당신은 내 글에서 그런 힘을 보았다고 했다. 나는
아무래도 상관없었다. 다만 선생님이 원하시니 따라
보기로 마음먹었다.

　선생님은 선배 작가로서 출간까지의 고된 과정
을 세밀히 일러주셨다. 세상에 글 잘 쓰는 청년들은
넘쳐나고 너에게는 출판사와 독자들의 눈에 띌 만한
장점은 당장 없어 보인다. 하지만 분명 네 원고에 깃
든 힘을 알아볼 편집자가 있을 것이다. 그때까지 포
기하지 말고 투고를 해보자. 나는 선생님을 믿었다.
출간되지 않는다 해도 상관없었다. 선생님께 내 모든
감정을 공감받은 것만으로도 충분히 만족했기 때문
이었다. 출판사에 투고 메일을 보내면서도 계속 원고
를 썼다. 이제는 선생님께 내 소설을 보여드리고 싶
었다.

"소설가가 되고 싶어요."

처음으로 타인에게 꿈을 고백했다. 힐난 대신 응원이 내 어깨에 내려앉았다.

"얼마든지 쓰렴. 그리고 내게 보여다오."

선생님은 내 소설 때문에 밤을 지새웠다. 더 전문적으로 피드백을 주지 못해 안타깝다 하셨다. 그무렵 스물여덟 번째 투고한 출판사에서 산문집을 출간하고 싶다는 연락을 받았다. 선생님은 나보다 더기뻐하셨다. 틈틈이 쓴 단편소설로 공모전에 도전했다. 모두 낙방이었다. 하지만 실망스럽거나 글을 그만 쓰겠다는 생각은 들지 않았다. 처음에는 선생님께보여드리고자 글을 썼다면 지금은 내가 글을 쓰는 일이 좋아서 멈출 수가 없다.

첫 단행본이 큰 사랑을 받았다. 작년까지 안마사였던 내가 현재는 신문사의 필진이 되었고 여러 잡지에 글을 연재하고 있다. 글을 쓰는 삶을 살고 있는 것이다. 그간 쓴 단편소설이 단행본 한 권의 분량만큼

모였다. 나는 스승님께 배운 대로 목차를 정리하고 출판사에 투고를 했다. 선생님은 스스로 커가는 나를 대견해하셨다. 그리고 열두 번째로 투고한 출판사에서 내 소설을 출간하겠다고 연락을 해왔다. 포기하지 않았던 소설가의 꿈이 이루어지는 순간이었다.

소설을 쓴다. 장래 희망이 경리였던 소녀는 눈이 먼 안마사가 되었고 지금은 글을 쓰며 살아간다. 세월 속 묵었던 이야기들을 하나둘 풀어내며 해방감을 느낀다. 오래전 자전거를 타고 산길을 빠르게 내달릴 때처럼 싱그러운 바람이 환희가 되어 가슴에 들어찬다. 스승의 말대로 내 안의 모든 상념을 내던지고 나니 다른 시야가 열렸다. 차별에 길들여져 핍박을 운명으로 받아들이고 사는 이들, 외면과 무관심 속에서 정신까지 병들어가는 내 주변 이웃들, 분하고 억울한 삶을 인지조차 못 하는 내 장애인 동료들. 내 두 눈에 사람들의 인생이 들어왔다. 그들의 한스러운 감정이 내게 흘러들었다. 나는 어느새 그들의 이야기를 쓰기 시작했다. 내가 당신들의 역사를 기억하고 기록하리라! 그리하여 덧없고 허망한 인생 따위가 아니라 의미 있는 생이었음을 대변하겠다. 앞으로 계속 소설을 써야 할 이유가 생겼다. 나는 캄캄한 눈으로 세상 가장 어두운 곳의 이야기를 밝은 세상에 내놓겠다고 다짐한다.

추천의 글

작가를 둘러싼 외부 세계와 작가 안에 웅크리고 있는 내부 세계가 합쳐지는 순간 이야기는 만들어진다. 현실 세계의 무엇이 내 마음을 건드린다. 그러면 파장이 생기고 그 파장을 나의 내부로 가지고 와서 지켜본다. 작가는 밖과 안이 끈끈하게 이어질 때까지 섬세하게 지켜보고 유연하게 대화를 한다. 그리고 정확한 문장으로 써나간다.

이런 과정을 거칠 때 모든 소설은 '자전'이 된다. 쓰는 동안은 인물이 곧 내가 되니까. 그러니 '자전적 소설'이란 명칭은 사실 필요 없는 말이다. 중요한 것은 독자들이 책을 읽는 동안 모두 '자전'이 되는 매직을 경험하는 일이다.

나는 이 글을 오감으로 읽었다. 열여섯 중학생이 되어 옆집 할머니가 내어준 수박을 먹으며 울었다. 먹지 않았는데도, 달콤한 수박 맛과 짠 눈물 맛이 동시에 느껴졌다.

호박 부침개를 게걸스럽게 먹으며 속없는 농담을 하다 보면 어둠은 영원히 '어린' 상태로 남을 것만 같았다.

― 윤성희(소설가)

이 책은 논픽션과 픽션의 경계를 넘나들며 보이는 세계에서 보이지 않는 세계로 이동한 경험을 들려준다. 작가 본인의 경험을 담은 에세이 같으면서도 르포 같은, '조승리들'이 살았을 법한 순간들이 펼쳐진다. 소설이라는 장르를 통해 장애와 비장애라는 경계를 유연하게 뛰어넘는다. 부장님이자 새댁 행세를 하는 소녀이자 엄마 품이 가장 포근한 10대 청소년 조승리, 그다음은 무엇이 될지 무척이나 궁금하다.

— 이길보라 (영화감독, 작가)

나의 어린 어둠

초판 1쇄 인쇄 2025년 5월 28일
초판 1쇄 발행 2025년 6월 11일

지은이 조승리
펴낸이 김선식

부사장 김은영
콘텐츠사업2본부장 박현미
책임편집 이한민 **디자인** 이현진 **책임마케터** 박태준
콘텐츠사업6팀장 임경섭 **콘텐츠사업6팀** 정지혜, 곽수빈, 조용우, 이한민, 이현진
마케팅1팀 박태준, 권오권, 오서영, 문서희
미디어홍보본부장 정명찬 **브랜드홍보팀** 오수미, 서가을, 김은지, 이소영, 박장미, 박주현
채널홍보팀 김민정, 정세림, 고나연, 변승주, 홍수경
영상홍보팀 이수인, 염아라, 김혜원, 이지연
편집관리팀 조세현, 김호주, 백설희 **저작권팀** 성민경, 이슬, 윤제희
재무관리팀 하미선, 임혜정, 이슬기, 김주영, 오지수
인사총무팀 강미숙, 이정환, 김혜진, 황종원
제작관리팀 이소현, 김소영, 김진경, 이지우, 황인우
물류관리팀 김형기, 김선진, 주정훈, 양문현, 채원석, 박재연, 이준희, 이민운

펴낸곳 다산북스 **출판등록** 2005년 12월 23일 제313-2005-00277호
주소 경기도 파주시 회동길 490
전화 02-704-1724 **팩스** 02-703-2219
이메일 dasanbooks@dasanbooks.com
홈페이지 www.dasan.group **블로그** blog.naver.com/dasan_books
용지 스마일몬스터 **인쇄 및 제본** 한영문화사 **코팅 및 후가공** 평창피앤지

ISBN 979-11-306-6686-0 (03810)